LET US
DREAM

더 나은 미래로 가는 길

LET US DREAM

렛 어스 드림

더 나은 미래로 가는 길

프란치스코 교황

오스틴 아이버레이 | 강주헌 옮김

21세기북스

일러두기

- 본문의 주는 오스틴 아이버레이가 추가한 것이다.
- 성경 속의 인물과 장소에 대한 명칭은 2005년 한국천주교중앙협의회에서 새롭게 번역한 성경에 기초했다.

추천 서문

천주교 서울대교구장
염수정 추기경

대담하게 꿈을 꾸어봅시다

Let Us Dare to Dream

✝ 주님의 평화와 은총을 빕니다.

2020년 봄, 코로나19가 전 세계로 퍼져가던 그때 프란치스코 교황은 비 내리는 텅 빈 성 베드로 대성당 앞에 섰습니다. 수만 명의 신자들이 있어야 할 그 자리에 교황은 홀로 서서 비탄에 빠진 인류에게 구원의 손길을 내려달라고 간곡히 기도했습니다.

2020년 겨울, 이제 꿈을 꾸어야만 한다는 간절한 희망의 메시지로 교황은 전 세계인 앞에 섰습니다.

봄부터 우리는 참으로 힘든 시간을 보냈고 지금도 끝이 보이지 않는 고통의 한가운데에 있습니다. 우리 사회의 잔인함과 불평등이 생생하게 드러났으며, 문명의 발전에 자만하며 굳게 믿었던 시스템이 모래성처럼 무너지는 걸 목격했습니다. 그러나 그와 동시에 수많은 사람들이 자신을 희생하며 아프고 고통받는 사람들을 위해 헌신하는 모습을 보았습니다. 성 베드로 성당 앞에서 비를 맞으며 "저희를 돌풍의 회오리 속에 버려두지 말아달라"던 교황의 절박한 기도에 대한 하느님의 대답을 느낄 수 있었습니다.

《렛 어스 드림》은 그 대답을 왜 꿈의 동력으로 만들어야 하는지에 대해 말합니다.

힘들고 고통스럽더라도 주변부에서 외면받고 힘겨워하는 이들을 향한 시선을 거두어서는 안 됩니다. 무관심이 얼마나 무섭고 파괴적인 바이러스인지 우리는 몸서리치며 겪었습니다. 힘을 갖는 것을 진보라고 착각하고 강력한 통제력이면 무조건 좋다고 생각했습니다. 그러나 인간뿐 아니라 모든 존재를 통제하려는 욕심에서 벗어나 '통합'으로 나아가 서로 돌보지 않으면 내일은 없습니다.

위기는 변화를 가져옵니다. 이제 위기의 이전으로 돌아갈 수 없으며, 이전과 같을 수도 없습니다. 우리는 더 선해지거나 악해질 것이며, 후퇴하거나 앞으로 나아갈 것입니다. 물론 미래를 향한 길이 당장 눈에 보이지는 않겠지만 의심과 불안의

'목소리'를 걷어내고 올바른 것을 선택할 수 있는 힘을 길러야 합니다. 과거의 상처나 미래에 대한 막연한 두려움에 사로잡힌 채 잘못된 결정을 내려서는 안 됩니다.

인류는 수많은 시련을 겪어왔지만 그 시련의 시간이 어떻게 억압의 힘을 전복하고 새로운 자유의 시대가 시작되는 가능성이 되었는지 잘 알고 있습니다. 거대한 재앙과 위기 앞에서 잠시 균형을 잃을 수 있지만, 동시에 행동까지 나아갈 역량과 희망을 가질 수 있었던 것입니다.

《렛 어스 드림》은 미래의 꿈에 대해 말하고 있습니다.

프란치스코 교황은 이 위기의 순간을 멈춤의 시간이라고 말합니다. 누구에게나 삶에서 '멈춤'의 시간이 있습니다. 그 시간이 변화를 위해 가장 중요한 순간이라고 강조합니다. 코로나19는 우리에게 '멈춤'의 시간을 가져다주었습니다. 또한 변화의 필요성을 인식하게 해주었다는 걸 잊지 말자고 말합니다. 어쩌면 변화와 선택의 순간에 직면할 때, 우리에게 뜻밖의 가능성이 열릴 수도 있으며, 이 가능성을 '범람'이라고 묘사합니다. 우리 생각의 둑을 무너뜨리기 때문입니다. 교황은 우리에게 닥친 문제를 겸손하게 하느님 앞에 내려놓고 도움을 간구하면 이 범람이 일어난다고 합니다. 그는 새로운 용기와 연민을 보여준 이들, 곤경에 빠진 사람들을 돕겠다고 나선 사람들, 이웃의 고통을 씻어주는 구체적인 방법을 제시하는 사람들을 보며 자비의 물결이 넘쳐흐르는 '범람'의 순간을 보았다고 합니다. 그리고 이 모습에서 위기를 겪고 나면 더 선해질 거라는 희망을 품게 되었다고 합니다. 이 희망 덕분에 교황께서는 '더 나은 미래'를 위한 구체적인 방법에 대해 말하는 책을 쓰게 된 것입니다.

혼란과 절망의 시기에 한 줄기 희망의 빛이 되어줄《렛 어스 드림》이 출간된 것에 하느님께 감사드립니다.

염수정

추천의 글

이어령(초내 문화부 장관)

지난 1년 우리는 혼돈의 시기를 겪었습니다. 마치 한 치 앞을 내다볼 수 없는 어둠 속에 홀로 걷고 있는 것 같은 두려움과 절망의 시간이었습니다. 당연한 듯 누리던 일상적인 삶과 늘 함께하던 사랑하는 사람들로부터 단절된 채 보낸 그 시간은 우리가 얼마나 나약한 존재인지, 지금껏 우리를 지켜 주리라 믿고 두 손에 꼭 움켜쥐고 있던 거짓된 가치가 얼마나 허무한 것인지를 깨닫게 했습니다. 하지만 서로 단절된 채 견뎌야 했던 그 시간은 역설적이게도 우리 모두가 긴밀하게 연결되어 있는 존재임을 깨닫는 계기가 되었습니다. 더 나아가 우리가 끝없이 파괴하고 착취해온 자연 역시 우리의 일부임을 비로소 인식하게 했습니다.

프란치스코 교황은 더 이상 아무것도 남지 않았다고 생각되고 모든 것이 끝났다고 느껴지는 이 순간에도 우리가 다시 꿈을 꾸어야 하는 이유, 새로운 꿈을 꿀 수 있는 이유에 대해 이야기합니다. 그것은 우리의 존재 자체가 바로 서로에게 꿈이고 희망의 불씨이기 때문입니다. 서로를 보살피지 않는다면 우리는 스스로는 물론이고 세상을 치유할 수 없습니다. 혼돈과 절망의 시간 이후에 우리가 어떤 세상을 만들어갈 것인지는 우리의 선택과 행동에 달려 있습니다. 이기심과 거짓된 진리에 취해 두 손에 움켜쥐고 있던 것들을 놓아버리고, 우리보다 약한 이들의 손을 맞잡고 우리의 일부인 자연을 보듬을 때 비로소 위기는 새로운 가능성으로 변화할 것입니다.

모진 시련과 절망 속에서도 우리의 마음 안에서 다시 일어설 수 있는 용기와 희망, 서로의 손을 잡을 수 있는 힘을 찾는 이들에게 이 책은 새로운 꿈과 더 나은 미래를 위한 출발점이 되어줄 것입니다.

추천의 글

이해인(수녀, 시인)

이 시대의 인류가 함께 겪고 있는 팬데믹의 절망과 혼란 속에서 더 나은 미래를 향해 노력해야 할 삶의 방향과 실천적인 덕목을 제시하는 프란치스코 교황의 이 책은 절절한 깨우침으로 감동을 준다. 그의 가르침은 추상적이지 않고 구체적이며 현학적이지 않고 실제적이다. 위기를 기회로 삼아 자신을 더 깊이 성찰하며 공동의 집인 지구에서 이웃을 자신처럼 섬기는 사랑만이 모두가 함께 살길이라고 역설하는 그의 주장은 선을 향한 형제애와 연대성을 강화하기 위한 얼마쯤의 희생을 요구한다. 고통스런 오늘의 현실에서 '함께 꿈을 꾸자'는 그의 초대에 기꺼이 응답해 그것을 희망의 푯대로 삼아 겸손한 변화와 회심을 선택하는 것만이 우리의 의무일 것이다.

읽는 내내 조금은 마음이 아프고 불편할 수도 있는 이 책을 이 시대에 가장 필요한 지침서로 추천하고 싶다.

추천의 글

김동호(목사)

오늘은 어제의 미래입니다.

저는 1951년 한국전쟁 중 피난민의 아이로 태어났습니다. 일용할 양식을 간절히 기도해야만 살 수 있었던 삶을 실제로 살아왔습니다. 일흔이 다 된 저는 솔직히 요즘 일용할 양식을 위해 기도하지 않습니다. 단순히 경제적으로만 이야기한다면 저는 태어났을 때보다 1,000배나 풍족한 삶을 살고 있기 때문입니다. 저의 오늘은 어제 '꿈꾸어왔던 미래'입니다.

그런 오늘은 피나는 노력과 경쟁과 개발을 통해서 하나하나 힘들게 이루어낸 것들입니다. 자신의 꿈을 이루기 위해 경쟁하며 우리는 무수히 많은 이들의 꿈을 짓밟아왔습니다. 수많은 사람들의 짓밟힌 꿈을 딛고 이룬 꿈이었습니다. 우리의 꿈을 이루기 위하여 수없이 많은 개발과 발전을 도모해왔지만, 그 뒷면에는 수도 없이 많은 파괴가 있었습니다.

우리의 꿈이 우리의 꿈 때문에 짓밟히고 파괴된 수많은 꿈들의 공격을 받고 있습니다. 평화와 평안이 깨진 세상에서 우리는 힘들게 쟁취한 우리의 꿈이 깨어질까 노심초사하며 늘 불안한 삶을 살아가고 있습니다. 시기와 미움과 다툼과 분쟁이 우리의 오늘이 되었습니다. 이것은 우리가 꿈꾸던 미래가 아닙니다.

프란치스코 교황은 《렛 어스 드림》이라는 제목의 이 책을 통해 혼자 꾸는 꿈이 아니라 함께 꾸는 꿈에 대해서 이야기합니다. 내 자유가 남의 자유를 짓밟고, 내 꿈이 남의 꿈을 공격하는 것이 아니라 우리 모두가 함께 꾸는 꿈을 이야기하는 것입니다. 그게 프란치스코 교황이 이야기하는 공동 합의성이 아니겠습니까?

함께 꿈을 꿈으로
파괴하지 않고
짓밟지 않고

함께 그 꿈을 누림으로써 갈등과 불화와 미움과 시기와 다툼과 분쟁이 그치는 미래를 함께 가꾸어나가자는 것이 교황이 이 책을 통하여 우리에게 전하고자 하는 메시지가 아닐까요?

그러고 보니 교황이 우리에게 권하는 '함께 꿈꾸어나가야 할 더 나은 미래'는 성경이 말씀하고 있는 하느님 나라입니다. 프란치스코 교황의 이 책을 통하여 우리가 꿈꾸어야 할 미래인 하느님 나라가 이 땅에 이루어지기를 기대합니다.

추천의 글

가톨릭 영성심리상담소
홍성남 마태오(신부)

우리의 프란치스코 교황님

사람들은 프란치스코 교황님을 슈퍼스타라고 부릅니다. 아이돌 못지않을 만큼 전 세계 사람들에게 사랑과 존경을 받고 있기 때문입니다. 역대 교황님들 중에서 이렇게 세계적으로 인기가 높았던 분은 아마도 프란치스코 교황님이 처음일 겁니다. 사람들은 왜 프란치스코 교황님에게 열광하는 것일까요? 이유는 간단합니다. 언제나 세상의 주변부에 있는 사람들의 모습에 마음 아파하실 뿐만 아니라 사회의 구조적인 문제까지 깊이 관여하시면서 세상의 주변부로 밀려나 자괴감에 빠져 있는 사람들에게 언제나 자신들의 곁에서 함께하는 분으로 여겨지기 때문입니다.

남미의 군사정권하에서 일반 시민들이 겪는 아픔을 함께

하셨던 교황님은 교황이 되신 후에는 전 세계 시민들의 대변인이 되셨습니다. 교황님의 행적을 보면서 가톨릭 사제로서의 자부심과 교회에 대한 자랑스러움을 느낍니다.

그런데 코로나 사태 이후 교황청에서 홀로 힘겨운 걸음을 하시는 모습을 영상으로 보았습니다. 등에 큰 짐을 지신 것처럼 힘겨운 걸음을 내디디시는 교황님의 모습을 보면서 울컥하는 마음이 들었습니다. 주님의 대리자로서 주님의 십자가를 함께 지고 가시는 듯한 모습이 존경스럽기도 하고 마음 아프기도 합니다. 그래서 교황님을 위한 작지만 정성을 다하여 기도를 드립니다. 건강하시고 행복하시길.

머리말

내 생각에 지금은 심판의 시간인 듯합니다. 루카 복음서 22장 31절에서 예수님이 베드로에게 말씀하신 경고가 떠오릅니다. 예수님은 "사탄이 너희를 밀처럼 체질하겠다고 나섰다"라고 말씀하셨습니다. 위기가 시작되면 체질이 시작됩니다. 우리의 근본 철학과 사고방식이 뒤흔들립니다. 우리의 우선순위와 생활방식이 도전을 받습니다. 우리가 지금껏 넘겨왔던 방식으로는 결코 피해 갈 수 없는 위기가 닥쳤기 때문에 자의로든 타의로든 우리는 새로운 삶을 시작해야 합니다.

문제는 우리가 이번 위기를 이겨낼 수 있느냐는 것입니다. 그렇게 하려면 어떻게 해야 할까요? 위기의 기본 법칙이 있다면, 누구에게도 위기의 전후가 같을 수 없다는 것입니다. 위기를 겪고 나면 지금보다 더 좋아지거나 더 나

빠지기 마련이며 결코 똑같을 수 없습니다.

지금 우리는 시련의 시기를 살고 있습니다. 성경에서는 이런 시련을 불속을 지나는 것에 비유하며, 옹기장이의 그릇이 불가마에 단련되는 것과 같다고 말했습니다.[집회서 27장 5절] 우리 모두가 삶의 과정에서 시험받습니다. 그리고 시험받으며 우리는 성장합니다.

시험받을 때 우리의 진짜 모습이 드러납니다. 얼마나 견실하고, 얼마나 자비로운 사람인지가 고스란히 드러납니다. 마음이 큰지, 작은지도 여실히 드러납니다. 평상시는 형식을 따지는 사회적 상황과 같아, 결코 진정한 모습을 드러내지 않습니다. 그저 미소를 짓고, 옳은 말을 하며, 진정한 모습을 보여주지 않고도 무탈하게 지낼 수 있습니다. 그러나 위기가 닥치면 완전히 달라집니다. 그때는 선택을 해야 합니다. 선택할 수밖에 없을 때 우리의 진짜 모습이 드러납니다.

역사를 돌이켜 생각해보십시오. 우리의 본심이 시험받을 때에야 무엇이 우리 본심을 억눌러왔는지를 깨닫게 됩니다. 그리고 주님의 존재를 느끼게 됩니다. 주님은 신의

가 있어, 당신 백성의 외침에 응답하시는 분이니까요. 그 결과 주님을 만나고 나면 새로운 미래가 열립니다.

ǂ

코로나19로 닥친 위기에 우리가 무엇을 보았는지 생각해봅시다. 곤경에 빠진 사람들을 돕기 위해 자신의 목숨을 내놓았던 사람들, 그들은 모두가 순교자입니다. 의사와 간호사, 간병인과 같은 의료인만이 아니라, 성직자를 비롯해 고통에 빠진 사람들과 함께하는 길을 선택한 사람들을 떠올려보십시오. 그들은 필요한 예방조치를 취하며, 다른 사람들에게 지원과 위안을 아끼지 않았습니다. 그들은 친밀함과 온유함을 보여준 증인이었습니다. 안타깝게도 많은 사람이 죽었습니다. 그들의 간증과 많은 사람의 아픔을 기리기 위해서라도 우리는 그들이 우리를 위해 밝혀준 길을 따르며 내일을 건설해야 할 것입니다.

이런 이야기를 하는 게 가슴 아프고 부끄럽지만, 어김없이 문을 두드렸던 빚쟁이, 즉 대금업자도 생각해보십시오. 그들은 손을 내밀며, 결코 상환할 수 없는 돈을 빌려주겠다고 제안합니다. 그 제안을 받아들인 사람은 영원히 빚의 굴레에서 벗어나지 못합니다. 이런 대금업자들은 다른 사람들의 고통을 기회로 삼아 큰돈을 벌려 합니다.

위기가 닥치면 우리는 선해지기도 하고, 악해지기도 합니다. 위기를 맞으면 사람들이 본래의 모습을 드러내기 때문입니다. 어떤 사람은 곤경에 빠진 사람을 위해 자신을 희생하는 반면에, 곤경에 빠진 사람을 이용해 부를 축적하는 사람도 있습니다. 또 어떤 사람은 집을 떠나지 않고도 새롭고 창의적인 방법으로 다른 사람들을 접촉하는 반면에 철옹성 같은 장벽 뒤로 숨어버리는 사람도 있습니다. 이런 식으로 우리의 진짜 모습이 드러납니다.

특정한 개인만이 시험받은 것은 아닙니다. 전 국민이 시험을 받습니다. 코로나19라는 팬데믹을 맞아, 정부가 어떤 선택을 해야 하는지 생각해보십시오. 국민을 안전하게 지키는 것과 금융 시스템을 지속적으로 운영하는 것 중 어떤 것이 더 중요할까요? 국민을 우선시해야 할까요, 주식시장을 위해 국민을 희생해야 할까요? 고통받는 국민의 목숨을 구할 수 있다면, 부를 창출하는 기계라는 주식

시장을 잠시라도 중단해야 하지 않을까요? 하지만 적잖은 정부가 경제를 우선적으로 보호하려고 나섰습니다. 코로나19의 위세를 제대로 파악하지 못했거나, 국민을 지원할 자원이 부족한 때문이었을 수 있습니다. 그런 정부는 국민을 담보로 잡고 경제를 보호하려고 했던 것입니다. 이를 통해 각국의 정부가 선택한 우선순위가 시험을 받았고, 각국의 가치관이 드러났습니다.

‡

위기가 닥치면 회피하고 싶은 유혹이 있기 마련입니다. 물론 우리 모두가 전술적인 이유로 뒤로 물러서야 하는 때가 있기는 합니다. 성경에서도 "이스라엘아, 네 천막으로 돌아가거라"라고 말하지 않습니까.[열왕기 상권 12장 16절] 그러나 그렇게 하는 게 옳지도 않고 인간적이지도 않은 상황이 있습니다. 예수님이 선한 사마리아인에 대한 유명한 우화에서 그런 상황을 분명히 보여주셨습니다. 레위인과 성직자는 도둑들에게 초주검이 되도록 맞아 피를 흘리는 사람을 내버려둔 채 지나가버리며 '기능적'으로 회피했습니니다. 달리 말하면, 그들을 시험하는 위기를 맞았을 때 자신의 위치, 즉 그들의 역할과 현황을 지키는 쪽을 선택했습니다.

위기가 닥치면 우리의 기능주의는 뿌리째 흔들립니다. 그때 우리는 그 위기를 통해 더 나은 사람으로 거듭나기 위해 기존의 역할과 습관을 바꾸고 수정해야 합니다. 위기가 닥치면 우리는 자아 전체를 드러냅니다. 누구도 숨을 수 없고, 과거의 방식과 역할로 되돌아갈 수도 없습니다. 선한 사마리아 사람을 생각해보십시오. 그는 모든 것을 멈추고 용기를 모아 행동했습니다. 상처 입은 사람의 세계에 들어갔고, 눈앞의 상황에 온몸을 던져 그 사람의 고통을 함께했습니다. 그렇게 그는 새로운 미래를 만들어냈습니다.

위기를 맞아 선한 사마리아 사람처럼 행동하라는 것은 우리가 본 것에 마음이 끌리는 대로 행동하라는 뜻입니다. 주변의 고통을 보면 우리 마음이 변할 것이기 때문입니다. 우리 그리스도인은 이런 변화를 '십자가를 받아들이고 껴안는 것'이라 말합니다. 곧 다가올 세계가 새로운 삶이라 확신하며 십자가를 껴안으면, 한탄을 멈추고 행동하며 다른 사람을 위해 희생하겠다는 용기가 생깁니다. 그 결과 연민과 섬김의 마음에서만 비롯되는 변화가 가능해집니다.

위기로 인한 고통에 그저 어깨를 으쓱하며 대수롭지 않게 반응하며 "하느님이 세상을 그렇게 만드신 거야. 그래서 그런 거라고"라고 말하는 사람이 적지 않습니다. 그러나 이런 반응은 하느님의 창조를 고정된 것으로 잘못 해석한 것입니다. 하느님의 창조는 지금도 진행되는 역동적인 과정입니다. 세상은 지금도 "만들어지고 있습니다." 바오로는 로마 신자들에게 보낸 편지에서, 모든 피조물은 지금도 탄식하며 진통을 겪고 있다고 말했습니다.[8장 22절] 하느님은 우리를 동반자로 삼아 세상을 끊임없이 만들어가기를 바라십니다. 그래서 하느님은 태초부터 우리를 초대해 평화로운 때에나 위기의 시기에나 언제나 당신과 함께하기를 바라셨던 것입니다. 이 세상은 단단히 포장되고 밀봉된 채 "옜다, 이 세상을 갖거라!"라며 우리에게 주어지는 것이 아닙니다.

창세기에서 하느님은 아담과 하와에게 자식을 낳고 번성하라고 명령하셨습니다. 우리 인간에게는 창조된 것을 긍정적인 방향으로 변화시키고 키워가며 완성할 의무가 있습니다. 따라서 미래의 모습이 보이지 않는 메커니즘에 맡겨지지는 않습니다. 인간이 수동적인 구경꾼일 수는 없습니다. 우리가 주인공이어야 합니다. 주인공이란 단어의 의미를 확대하면, 우리는 '공동의 창조자'가 되어야 합니다. 자식을 낳고 번성하고, 이 땅의 주인이 되라는 주님의 말씀은 우리에게 "너희 미래를 만들어가는 창조자가 되라"고 말씀하신 것과 같습니다.

☦

이번의 위기를 겪고 나면 우리는 더 선해지거나 더 악해질 것입니다. 후진적인 상태로 떨어질 수도 있고, 새로운 것을 만들어낼 수도 있습니다. 현재 우리에게 필요한 것은 변화를 시도할 기회, 즉 우리에게 필요한 새로운 것을 위한 공간을 마련하는 기회입니다. 하느님이 이사야 예언자에게 말씀하셨듯이, 이 문제에 대해 허심탄회하게 이야기를 나누고 싶습니다. 여러분이 열린 마음으로 귀담아 듣는다면 우리 앞에 원대한 미래가 펼쳐지겠지만 여러분

이 마다하고 귀를 닫는다면 칼날에 먹힐 것입니다.[이사야서 1장 18-20절]

우리를 삼키려고 위협하는 많은 칼날이 있습니다.

코로나19의 위기는 우리 대부분에게 영향을 주기 때문에 특별한 경우라 할 수 있습니다. 그러나 그 위기는 눈에 뚜렷이 보인다는 점에서 특별할 뿐입니다. 코로나19와 같은 끔찍한 위기는 수없이 많습니다. 하지만 그런 위기들은 우리에게서 아득히 멀리 떨어진 곳에 존재하는 까닭에, 우리는 그런 위기가 존재하지 않는 것처럼 살아갑니다. 예컨대 세계 곳곳에서 벌어지는 전쟁을 생각해보십시오. 무기의 생산과 거래, 가난과 기아, 기회의 부족을 피해 고향을 떠난 수십만 명의 난민들 그리고 기후변화를 생각해보십시오. 이런 비극들은 일상적인 뉴스로, 우리와 무관하게 여겨지기 때문에 안타깝게도 우리의 의제와 우선순위에 아무런 변화를 주지 못합니다. 그러나 코로나19와 마찬가지로 이런 비극도 인류 모두에게 영향을 미칩니다.

숫자로 예를 들어보겠습니다. 한 국가가 무기에 지출하는 비용을 알게 되면 등골이 오싹할 겁니다. 유니세프의 통계에서 얼마나 많은 아이가 학교에 다니지 못하고 굶주린 채 잠자리에 드는지 아십니까? 또 군사비는 궁극적으로 누가 지출하는 것일까요? 2020년 1사분기에만 370만 명이 기아로 사망했습니다. 전쟁으로는 얼마나 많은 사람이 죽었을까요? 무기 구입에 지출되는 돈이 인간을 죽입니다. 이런 점에서 군사비는 치명적인 코로나 바이러스입니다. 그러나 그 피해자가 우리 눈에 보이지 않기 때문에 우리는 그에 대해서는 시시비비를 따지지 않습니다.

자연계의 파괴도 마찬가지로 확연히 눈에 띄지는 않습니다. 환경 파괴는 다른 곳에서 일어나는 현상이기 때문에 우리에게 영향을 미치지 않는다고 생각했습니다. 그러나 갑자기 자연의 파괴가 눈에 띄기 시작했고 우리는 그 영향을 실감하게 되었습니다. 처음으로 선박이 북극해를 가로질러 항해했다니까요. 먼 곳에서 일어난 홍수와 산불이 우리 모두와 관련된 위기의 일환이라는 것도 알게 되었습니다.

이번에는 우리 주변을 보십시오. 요즘 우리는 눈에 보이지 않는 바이러스로부터 우리 자신과 다른 사람을 보호하기 위해 마스크를 씁니다. 그러나 역시 보이지 않는 다른 바이러스로부터는 우리를 어떻게 보호해야 할까요? 기아와 폭력, 기후변화라는 팬데믹, 즉 이 세상을 보이지 않게 짓누르는 팬데믹들을 해결하려면 어떻게 해야 할까요?

이번 위기가 끝난 후 우리가 예전보다 덜 이기적인 존재로 성장하려면, 다른 사람들의 고통에 공감할 수 있어야 할 것입니다. 독일 시인 프리드리히 횔덜린의 유일한 소설《휘페리온》에는 위기 상황에서 닥치는 어떤 위험도 결코 완벽하지 않아 빠져나갈 방법이 있다고 말해주는 구절이 있습니다. "위험이 있는 곳에서는 언제나 해결책도 무럭무럭 자란다."[1] 이 말은 인류의 역사에서 변함 없는 원칙입니다. 언제든 파멸을 벗어날 방법은 있습니다. 위협이 있을 때 우리는 행동해야 합니다. 그때 새로운 문이 열립니다. 내 삶의 여러 순간에 횔덜린의 그 구절이 내게 용기를 북돋워주었습니다.

†

지금은 큰 꿈을 꾸며, 우리가 가치 있게 생각하는 것, 우리가 원하는 것, 우리가 추구하는 것과 같은 우선순위를 다시 생각하고, 우리가 꿈꾸는 것을 일상의 삶에서 실천해야 할 시간입니다. 이 순간에 내 귀에는 이사야 예언자가 들었던 하느님의 말씀과 비슷한 목소리가 들리는 듯합니다. "오너라, 이 문제에 대해 허심탄회하게 이야기를 나누어보자. 대담하게 꿈을 꾸어보자!" 하느님은 우리에게 담대하게 새로운 것을 만들어내라고 요구하십니다. 위기가 닥치기 전에 거짓된 안정을 내세우던 정치·경제 시스템으로 되돌아갈 수는 없습니다. 창조의 모든 결실과 삶의 기본적 욕구, 즉 토지와 주택과 노동에 누구나 접근할 수 있는 경제가 필요합니다. 가난하고 배척받는 사람과 취약한 사람들을 포용하고 그들과 대화할 수 있는 정치, 그들이 자신들의 삶에 영향을 주는 결정에서 발언권을 행사하도록 하는 정치가 필요합니다. 또 삶의 속도를 늦추고, 주변을 살피며, 이 땅에서 함께 살아가는 더 나은 방법을 설계할 필요도 있습니다.

그런 미래를 만들어가는 것은 우리 모두의 과제이며, 우리 모두가 초대받아야 하는 과제입니다. 그러나 성급한 사람들이 먼저 나설 것입니다. 우리를 자극해 행동하게 만드는 것은 건강한 초조함이니까요. 어느 때보다 오늘날, 사회를 조직하는 원리로 개인주의를 선택한 오류가 확연히 드러났습니다. 그렇다면, 무엇이 새로운 원리가 되어야 할까요?

우리에게 필요한 것은, 우리가 서로에게 필요한 존재라는 것을 인정하는 동시에 타인과 세계에 대해 책임감을 갖는 운동입니다. 친절하게 행동하고 믿음을 견지하며 공동선을 위해 일하는 것이 원대한 삶의 목적이며, 그런 삶을 위해서는 용기와 기백이 필요하다고 주장할 필요가 있습니다. 윤리를 조롱하는 번지르르한 말은 우리에게 아무런 도움이 되지 않았습니다. 현 시대는 지금까지 평등과 자유를 강력히 강조해왔지만, 앞으로 닥칠 문제에 맞서려면 이제는 똑같은 정도로 강력하게 형제애에 집중해야 할 것입니다. 형제애가 더해질 때 자유와 평등도 우리 사회에서 그 존재를 적절히 인정받을 수 있을 것입니다.

‡

이번 위기가 닥치자, 무수히 많은 사람들이 대체 하느

님은 어디에 계시느냐는 의문을 품었고, 서로 그런 질문을 주고받았습니다. 이런 현상을 지켜보며 내 머릿속에 떠오른 생각은 '범람'입니다. 누구도 눈치채지 못하게 서서히 조금씩 수위가 높아지지만, 마침내 임계점에 이르자 강둑이 터지며 강물이 사방으로 쏟아져 나가는 모습을 상상합니다. 우리 사회에 그런 '범람의 순간'이 닥칠 때 하느님의 자비가 분출합니다. 달리 말하면, 많은 사람을 억누르던 전통적인 경계둑이 무너지고 터집니다. 아울러 우리의 역할과 사고방식도 흔들리며 개편됩니다. 이번 위기로 우리의 고통도 '범람'했지만, 많은 사람들이 그 위기에 대응하며 보여준 창의력에서도 '범람'을 확인할 수 있었습니다.

우리 사이에 자비의 물결이 넘쳐흐르는 것이 내 눈에는 분명히 보입니다. 많은 사람이 시험대에 올랐습니다. 어떤 사람은 새로운 용기와 연민을 보여주었고, 어떤 사람은 사탄의 체질을 견뎌낸 후에 우리 세계를 개편하겠다는 의욕을 드러냈습니다. 곤경에 빠진 사람들을 돕겠다고 나선 사람들도 있었고, 특히 이웃의 고통을 씻어주는 구체적인 방법을 제시한 사람들도 있었습니다.

나는 이 모든 것을 보고, 우리가 이번 위기를 겪고 나면 더 선해질 거라는 희망을 품게 되었습니다. 그러나 우리는 명확히 보고, 잘 선택하고, 올바로 행동할 필요가 있습니다.

이제부터 그 방법에 대해 이야기해보려 합니다. 하느님이 이사야 예언자에게 했던 말씀을 우리도 듣도록 합시다. "오너라, 이 문제에 대해 허심탄회하게 이야기를 나누어 보자. 대담하게 꿈을 꾸어보자!"

LET US
DREAM

contents

1
부

직시할
시간

새로운 미래를 발견하고 싶다면

주변부로 가야 합니다.

하느님도 피조물을 재건하려 하실 때

주변부로 가셨습니다.

그곳은 죄와 고난, 배척과 고통, 질병과

외로움의 공간이었지만,

"죄가 많아진 그곳에 은총이 충만히 내렸다"라고

말씀하셨듯이 그곳은

온갖 가능성으로 가득한 곳이었기 때문입니다.

행동이
새로운 길을
엽니다

위기를 맞아 변화가 필요했던 지난 한 해, 내 머리와 마음은 사람들로 넘쳐흘렀습니다. 나는 사람들에 대해 생각하고 사람들을 위해 기도했습니다. 때로는 그들과 함께 울기도 했습니다. 그들은 고유한 이름과 얼굴을 지닌 사람들이었고, 사랑하는 사람들에게 작별 인사도 건네지 못한 채 죽은 사람들이었으며, 일자리가 없어 어려움에 빠지고 끼니조차 잇기 힘든 이들이었습니다.

여러분도 잠시나마 시야를 전 세계로 넓히면 깜짝 놀라 온몸이 굳어버릴지도 모릅니다. 너무도 많은 곳에서 끝이 없을 듯한 투쟁이 벌어지고 있고, 고통과 곤경에 빠져 허덕이는 사람들도 헤아릴 수 없이 많으니까요. 구체적인 상황에 초점을 맞추는 것도 도움이 되리라 생각합니다. 개인과 국민이 처한 현실에서 삶과 사랑을 찾는 사람들이 있고, 모든 국가의 이야기에서 희망이 엿보이기 때문입니다. 게다가 그 이야기는 희생과 일상적인 투쟁, 자기희생으로 망가진 삶에 대한 이야기이기 때문에 눈부시게 아름답기도 합니다. 따라서 이번의 위기는 우리를 무겁게 짓누르기는커녕 우리에게 깊이 숙고하고 희망차게 대응할 기회를 줍니다.

세상의 실상을 보고 싶다면, 실존의 경계지에 가봐야 합니다. 예부터 나는 주변부에서 세상이 더 명확히 보인다고 생각해왔습니다. 그러나 교황으로 지낸 지난 7년 동안 그 생각이 정말 와닿았습니다. 여러분도 새로운 미래를 발견하고 싶다면 주변부로 가야 합니다. 하느님도 피조물을 재건하려 하실 때 주변부로 가셨습니다. 그곳은 죄와 고난, 배척과 고통, 질병과 외로움의 공간이었지만, "죄가 많아진 그곳에 은총이 충만히 내렸다"라고 말씀하셨듯이 그곳은 온갖 가능성으로 가득한 곳이었기 때문입니다.[로마서 5장 20절]

그러나 머릿속에서 추상적으로만 주변부에 갈 수는 없습니다. 나는 박해받는 사람들, 예컨대 로힝야족, 불쌍한 위구르족, 이슬람국가IS로부터 잔혹한 탄압을 받은 야지디족, 교회에서 기도하는 동안 터진 폭탄에 목숨을 잃은 이집트와 파키스탄의 그리스도인들을 생각합니다. 특히 로힝야족에게는 깊은 연민과 사랑을 품지 않을 수 없습니다. 로힝야족은 현재 지상에서 가장 박해받는 종족입니다. 나는 내가 할 수 있는 한 그들에게 가까이 다가가려고 합니다. 그들은 가톨릭교인도 아니고 개신교도도 아닙니다. 하지만 그들도 우리의 형제이고 자매입니다. 사방에서 공격받기 때문에 어디에도 의지할 데가 없는 불쌍한 민족입니다. 지금 방글라데시에는 코로나19가 창궐하고 있지만, 수천 명의 로힝야족은 그곳의 난민촌에 있습니다.

나는 2017년 방글라데시의 수도 다카에서 로힝야족을 만났습니다. 그들은 선한 사람들입니다. 일자리를 구하고 가족을 돌보고 싶어하지만, 어디에서도 환영받지 못합니다. 민족 전체가 궁지에 내몰리고 울타리 안에 가두어졌습니다. 그러나 방글라데시가 그들에게 보여준 형제애적인 관용에 나는 감동했습니다. 방글라데시는 가난한 데다 인구밀도도 높은 나라입니다. 하지만 방글라데시는 60만 명의 로힝야족에게 문을 열어주었습니다. 당시 방글라데시 총리는 방글라데시 국민들이 로힝야족에게 식량을 나눠주려고 하루에 한 끼를 포기했다고 나에게 말했습니다. 작년에 나는 아랍에미리트의 아부다비에서 어떤 상을 받았습니다. 상금이 상당한 액수였습니다. 나는 그 돈을 곧장 로힝야족에게 보냈습니다. 그럼 무슬림이 다른 무슬림에게 보내는 사랑이 될 테니까요.

위의 사례처럼 구체적으로 주변부에 가려면, 곤경에 처해 고통받는 사람들에게 다가갈 수 있어야 합니다. 또 그들을 돕기 위해 조직되어 있는 잠재적 연대가 있다면 그 연대를 지원하고 독려할 수 있어야 합니다. 추상적인 생각은 우리를 마비시키지만, 구체적인 행동에 초점을 맞추면 가능한 길이 열립니다.

다른 사람들을 도와야 한다는 생각은 지난 수개월 동안 내 마음을 떠나지 않았습니다. 코로나19로 인한 봉쇄의 시기에 나는 자신의 목숨을 내놓은 채 모든 방법을 동원해 다른 사람의 목숨을 구하려는 사람들을 위해 기도했습니다. 그렇다고 그들이 무모했다거나 신중하지 못했다고 나무라는 게 아닙니다. 그들이라고 죽고 싶지는 않았을 겁니다. 죽음을 피하려고 최선을 다했을 겁니다. 하지만 안타깝게도 적절한 보호장치가 없어 죽음을 피하지 못한 경우가 있었습니다. 그들은 다른 사람의 목숨보다 자신의 목숨을 먼저 구하려고 하지 않았습니다. 많은 간호사와 의사와 간병인이 그런 사랑의 대가를 치렀습니다. 성직자는 물론이고, 타인을 위한 봉사를 소명으로 삼은 종교인과 일반인도 마찬가지였습니다. 우리는 그들을 위해 슬퍼하고 그들을 찬미함으로써 그들의 사랑에 보답해야 합니다.

그들이 의식했든 의식하지 않았든 간에 그들의 선택은 '다른 사람을 섬기는 소명을 거역하며 자신의 목숨을 부지하는 것보다 그 소명을 다하며 짧게 사는 것이 낫다'라는 믿음의 증거였습니다. 그 때문에 많은 나라에서 사람들이 창가나 문 앞에 서서 감사하고 경외하는 마음으로 그들을 성원했습니다. 그들은 우리 마음에 중요한 것을 일깨워준 이웃집 성인들로, 성직자들이 설교를 통해 전하려는 가르침에 신뢰성을 더해주었습니다.

그들은 무관심이라는 바이러스를 이겨내는 항체입니다. 그들은 우리에게 삶이 곧 선물이고, 우리는 자신을 아낌없이 바침으로써, 즉 자신을 지키려고 안달하지 않고 스스로를 내던져 다른 사람을 섬길 때 성장한다는 사실을 다시 떠올려줍니다.

그들은 또한 오늘날 상대적으로 부유한 국가들을 지배하는 개인주의와 자기 집착 및 연대성의 결여를 안타까워하는 사람들이 많다는 증거입니다! 슬프게도 이제 우리 곁을 떠난 그분들이 우리에게 다시 세워야 할 방향을 보여준 것이 아닐까요?

위험에 있을 때 우리는 행동해야 합니다.

그때 새로운 문이 열립니다.

새로운
노아의 시대

우리는 창조주 하느님, 사랑의 하느님에게 사랑받는 피조물로, 우리보다 훨씬 이전부터 존재한 이 땅에 태어났습니다. 우리는 하느님에 속해 있고, 서로에게 속해 있습니다. 또 우리는 창조의 일부이기도 합니다. 이렇게 진심으로 생각하고 이해할 때 서로에 대한 사랑이 샘솟을 것입니다. 그 사랑은 땀 흘려 일해서 얻거나 돈으로 살 수 있는 것이 아닙니다. 우리 자신은 물론이고 우리가 가진 모든 것이 일하지 않고 얻은 선물이기 때문입니다.

달리 어떻게 생각할 수 있겠습니까? 그런데 어떻게 하다가 우리가 창조의 소중함과 인간의 유약함을 못 보게 되었을까요? 어떻게 하다가 우리가 하느님의 선물을 잊고,

서로의 선물을 망각하게 되었을까요? 자연이 숨을 헐떡이는 세계, 바이러스가 들불처럼 퍼지며 우리 사회를 파멸로 몰아가는 세계, 지독한 가난과 상상을 초월하는 풍요가 공존하는 세계, 로힝야족처럼 종족 전체가 먼지 더미에 내몰리는 세계에 우리가 살고 있다는 걸 대체 어떻게 설명해야 할까요?

지금껏 우리는 자급자족이란 신화가 옳다고 믿었습니다. 또 지구는 존재하는 한 착취당할 수밖에 없고, 다른 사람들은 우리 욕망을 충족하는 수단으로 존재하며, 우리가 벌어들인 것은 물론이고 우리에게 없는 것도 우리가 마땅히 가져야 할 결과이고, 나에게 주어진 재물은 내가 땀 흘려 일한 대가이므로 그 때문에 다른 사람이 가난해지더라도 어쩔 수 없다는 게 일반적인 믿음이었습니다.

이때 우리는 혼자서는 도저히 벗어날 수 없는 무력감에 사로잡힙니다. 그때서야 비로소 우리는 정신을 차리고, 우리가 깊이 빠져 있던 문화, 우리의 본원적 선한 모습을 부인하던 문화의 이기심을 깨닫게 됩니다. 그런 순간에 우리가 회개하며 우리의 창조주와 서로를 되돌아보면, 하느님이 우리 마음에 심어놓은 진리, 즉 '우리는 하느님에 속해 있고, 서로에게 속해 있다'는 진리를 다시 기억해내게 될 것입니다.

어쩌면 봉쇄의 시기 동안 안타깝게도 우리가 지금까지 잊고 있던 형제애를 조금이나마 회복하면서, 많은 사람들이 이런 진리를 반영해 세상을 다른 방식으로 다시 조직할 수 있을 거라는 희망을 조급하게 품기 시작한 듯합니다.

우리는 창조주 하느님과 피조물 그리고 같은 인간과의 관련성을 지금까지 도외시하고 소홀히 했습니다. 그러나 좋은 소식은 우리를 새로운 내일로 데려가려고 기다리는 방주가 있다는 것입니다. 코로나19로 인해 우리가 우리 모두를 하나로 이어주는 끈, 즉 사랑과 공통된 소속감으로 지어진 방주에 도달할 수 있다면, 이 시대는 새로운 노아의 시대가 될 것입니다.

창세기의 노아 이야기는 하느님이 파멸로부터 벗어나는 길을 알려준 방법만이 아니라, 그 이후의 모든 것을 포괄합니다. 인간 사회의 재건은 한계를 존중하고, 부와 권력의 무모한 추구를 억제하며, 경계선상에서 가난하고 힘겹게 살아가는 사람들을 돌보는 사회로의 회귀를 뜻했습니다. 죄를 용서하고 관계를 회복하는 회복과 속죄의 시간인 안식일과 희년禧年의 도입은 그런 재건에 반드시 필요했습니다. 지구가 다시 회복되고, 가난한 사람들이 새로운 희망의 불씨를 찾아내고, 사람들이 다시 각자의 영혼을 되찾는 시간이 되었기 때문입니다.

지금 우리에게도 그런 은총이 주어졌고, 그 시간은 시련에 빠진 우리의 주변을 밝혀주는 빛과 같습니다. 그 시간을 헛되이 보내지 맙시다.

팬데믹이
드러낸
우리의 민낯

때때로 나는 우리 앞에 닥친 과제들을 생각합니다. 그때마다 가슴이 짓눌린 듯 답답합니다. 그러나 나는 결코 희망을 잃지 않습니다. 우리에게는 하느님이 옆에 계시니까요. 그렇습니다. 우리는 밀처럼 체질되고 있는 중입니다. 그래서 힘들고 고달픕니다. 많은 사람이 무력감을 느끼고 두려워하기도 합니다. 그러나 이번 위기는 기회이기도 합니다. 위기를 벗어나면 더 좋아질 테니까요.

주님이 오늘날 우리에게 요구하시는 것은 섬김의 문화이지, 일회용품처럼 쓰고 버리는 감탄고토甘呑苦吐의 문화가 아닙니다. 그러나 우리가 주변부의 현실을 제대로 알지 못하면 그곳 사람들을 섬길 수 없습니다.

그들을 섬기려면 두 눈을 크게 뜨고 우리 주변의 고통을 직접 경험할 수 있어야 합니다. 그래야 하느님의 성령이 주변부에서 말하는 목소리가 들릴 것입니다. 이런 이유에서 나는 현실을 회피하는 세 가지 파멸적인 태도에 대해 경고하고 싶습니다. 이런 파멸적 태도는 결국에는 우리의 성장과 현실에 대한 올바른 인식, 더 나아가 성령의 행위까지 방해합니다. 내가 생각하는 그 세 가지 태도는 나르시시즘, 낙심, 비관주의입니다.

나르시시즘은 우리를 거울 앞으로 데려가 자신을 보게 하며, 자신을 모든 것의 중심에 두게 합니다. 따라서 모든 것을 자신의 관점에서 보게 됩니다. 결국 우리는 자신이 만들어낸 이미지와 깊은 사랑에 빠져 그 이미지에서 빠져나오지 못합니다. 그 결과가 자신에게 개인적으로 좋다면, 그것으로만 좋을 뿐입니다. 그 결과가 자신에게도 나쁘다면, 여러분은 나르시시즘의 피해자가 된 것입니다.

낙심하면 우리는 비탄에 빠지고, 모든 것에 대해 불평을 늘어놓게 됩니다. 따라서 주변을 더는 제대로 관찰하지 못하고, 다른 사람들이 제안하는 것도 제대로 듣지 않습니다. 오직 자신이 잃어버린 것에만 몰두할 뿐입니다. 낙심은 영적인 삶을 슬픔으로 몰아갑니다. 슬픔은 안에서부터 우리를 갉아먹는 벌레입니다. 따라서 낙심은 결국 우리를 궁지에 몰아넣어 자신 이외에는 아무것도 보지 못하게 만들어버립니다.

비관주의에 젖은 사람은 미래를 향한 문을 닫아버립니다. 따라서 미래에 있을 새로운 것을 볼 수 없습니다. 비관주의에 빠지면, 문간에 바로 새로운 것이 있는 경우에도 문을 열려고 하지 않습니다.

이것이 우리의 성장을 방해하고, 우리를 마비시키는 세 가지 태도입니다. 이런 태도는 더 나은 미래로 나아가려는 걸 막는 것에만 집중하게 되는 원인입니다. 또한 우리가 성취할 수 있는 것을 찾아내려는 노력보다 현실을 은폐하는 환상을 더 좋아하게 되는 원인이기도 합니다. 나르시시즘과 낙담과 비관주의는 자기 자신까지도 낯선 사람으로 만들어버리는 위험한 유혹입니다. 그런 태도를 극복하기 위해서는 희망의 씨앗을 뿌리든 정의를 위해 일하든 간에 작더라도 구체적이고 긍정적인 행동에 전념할 수 있어야 합니다.

지금 우리가 겪고 있는 위기에서 내가 보는 희망의 불씨 중 하나는 우리가 현실로 되돌아오고 있다는 것입니다. 우리는 가상 세계에서 실재하는 것으로, 추상적인 것에서 구체적인 것으로, 모호한 것에서 명확한 것으로 옮겨가야 합니다. 우리가 자신에게 지나치게 몰두하느라 보지도 못하고 듣지도 못하고 인지하지도 못한 사이에 너무도 많은 사람들, 예컨대 '피와 살'을 나눈 형제와 자매들, 저마다 고유한 이름과 얼굴을 지녔던 사람들을 잃고 말았습니다. 그러나 이번 위기로 말미암아 그런 눈가리개가 적잖게 떨어졌고, 덕분에 우리는 새로운 눈으로 현실을 보게 되었습니다.

이번 위기로 감탄고토의 문화가 극명하게 드러났습니다. 예컨대 코로나19를 예방하기 위한 대책에서 드러났듯이, 무수히 많은 형제자매가 사회적 거리두기가 가능하지 않고, 몸을 씻을 깨끗한 물도 없는 주택에서 살아가고 있습니다. 아르헨티나의 빈민촌 '비야 미세리아villa miseria'처럼 세계 곳곳의 도시 주변에 산재한 빈민촌이나 판자촌에서 몸을 부대끼며 살아가는 많은 사람들을 생각해보십시오. 또 이민자 수용시설과 난민촌을 생각해보십시오. 그곳 사람들은 어디에서도 환영받지 못하며 제한된 장소에서 오랜 시간을 보내야 합니다. 그들은 위생과 음식과 품위 있는 삶이라는 가장 기본적인 권리조차 인정받지 못합니다. 그 때문에 더 나은 삶을 꿈꾸며 찾았던 난민촌은 고문실로 바뀌어버렸습니다.

코로나19의 팬데믹이 창궐하는 동안, 나는 도시의 판자촌에서 봉사하는 사제들과 이야기를 나눌 기회가 있었습니다. 나는 그들에게 여러 가지를 물었습니다. 판자촌 지역에서 전염을 막기 위한 사회적 거리두기를 어떻게 지키고 있습니까? 깨끗한 물이 없는데 위생 수칙을 어떻게 지키고 있습니까? 이번 위기로 이런 불평등이 여실히 폭로되었습니다. 이런 불평등을 어떻게 해야 할까요?

코로나19가 난민촌을 덮친다면 그야말로 재앙일 것입니다. 특히 2016년 바르톨로메오스 형제, 이에로니모스 형제와 함께 방문했던 레스보스 섬의 난민촌이 걱정스럽습니다. 또 이민자들이 리비아에서 어떻게 착취당했는지를 고발한 다큐멘터리도 뇌리에서 떠나지 않습니다.[2] 따라서 우리는 이제 이렇게 물어야 합니다. 이 비극의 원인이 코로나19만일까, 아니면 코로나19로 드러난 것이 부분적인 원인일까? 이번 비극을 바이러스 팬데믹과 경제 붕괴로만 보아야 할까, 아니면 이와 유사한 모든 인간사를 이해하는 방향으로 시야를 넓혀야 할까?

아프리카에서 학교에 다니지 않는 아이들, 예멘에서 굶주리는 아이들 등 유엔 통계자료에서 어린아이와 관련된 비극적인 사례를 조사해보십시오. 코로나19가 창궐하기 전에 이런 사회경제적인 구조를 복구하기 위한 여러 계획이 이미 진행되고 있었습니다. 그러나 코로나19로 인해 그 계획들이 중단되었고, 우리는 그 비극들을 다시 떠올리지 않을 수 없습니다.

우리는 버림받은 사람들에게 다시 일어설 기회를 주어야 합니다. 그래야 그들도 미래의 주체가 될 수 있을 테니까요. 또 사회를 지배하고 결정권을 지닌 소수만이 아니라 국민 전체가 혜택을 받는 공동의 프로젝트를 계획하고 진행해야 합니다. 그리고 코로나19가 지나간 뒤에는 사회를 운영하는 방법도 바뀌어야 할 것입니다.

내가 변화를 강조하는 것은 우리가 어떤 특정한 집단을 더 잘 돌봐야 한다는 뜻으로 말하는 것이 아닙니다. 지금 주변부에 있는 사람들이 사회적 변화의 주역이 되어야 한다는 뜻으로 말하는 것입니다.

내 마음속에 있는 진심이 그렇습니다.

⚜

코로나19로 인해
우리 모두를 이어주는 하나의 끈,
사랑과 공통된 소속감으로 지어진
방주에 도달할 수 있다면,
이 시대는 새로운 노아의 시대가
될 것입니다.

무관심이라는 이름의 바이러스

이번에는 어떻게든 극복해야 할 큰 장애물, 실존적인 근시안적 사고에 대해 생각해봅시다. 이런 근시안적 사고 때문에 우리는 보아야 할 것을 수동적으로 선택하게 됩니다. 실존적인 근시안적 사고 때문에 우리는 두려워하며 무엇인가를 과감히 놓지 못하고 계속 고수하게 됩니다. 코로나19로 인해 또 다른 팬데믹, 즉 무관심이란 바이러스가 백일하에 드러났습니다. 무관심은 끊임없는 외면의 결과이며, 즉각적이고 마법적인 해결책은 없으니 아무것도 시도하지 않는 게 더 낫다고 우리 자신에게 끊임없이 되뇐 결과이기도 합니다.

루카 복음서에 언급된 라자로라는 가난한 사람의 이야

기에서도 무관심이 엿보입니다. 부자가 그의 이웃이었습니다. 부자는 라자로가 누구인지 잘 알았습니다. 심지어 라자로라는 이름도 알았습니다. 그러나 부자는 무관심했고, 라자로에게 관심을 두지 않았습니다. 그 부자에게 라자로의 불행은 라자로의 문제였을 뿐입니다. 부자는 라자로의 집 앞을 지날 때마다 무관심의 심연 너머로 그를 지켜보며 "가엾어라!"라고 혼잣말로 중얼거렸을 겁니다. 부자는 라자로의 상황을 알았지만, 그 때문에 마음이 흔들리지는 않았습니다. 우리가 느끼는 무관심과 우리의 생각 사이에 틈새가 생기는 궁극적인 이유도 여기에 있습니다. 이런 이유에서 사람들은 감정이입 없이, 즉 상대의 입장을 전혀 고려하지 않은 채 상황을 판단합니다.

언젠가 나는 로마에서 열린 사진 전시회를 둘러본 적이 있습니다. '무관심'이란 제목의 사진이 눈에 띄더군요. 한 여인이 겨울에 식당을 나오는 모습을 찍은 사진이었습니다. 가죽 코트와 모자, 장갑 등 추위를 막으려고 온몸을 감싼 복장에서 그녀가 부유하다는 걸 짐작할 수 있었습니다. 한편 식당 입구에 놓인 나무상자에는 남루한 복장의 여인이 앉아 있었습니다. 그녀는 추위에 떨며 부유한 여성에게 손을 내밀어 동냥을 구하지만, 부유한 여성은 다른 곳을 쳐다보고 있었습니다. 그 사진은 많은 사람에게 깨달음을 주었습니다.

이탈리아에서는 '케 메 네 프레가che me ne frega'라는 말을 흔히 들을 수 있습니다. 대략적으로 번역하면 "그래서 어쩌라고? 나하고 무슨 상관이야?"라는 뜻입니다. 아르헨티나에서는 '이 아 미 케?y a mí qué?'라고 말합니다. 짧은 문장이지만 그 말을 하는 사람들의 사고방식을 여실히 드러내 보여줍니다. 또 적잖은 이탈리아 사람이 삶을 헤쳐 나가려면 건전한 정도의 '메네프레기스모menefreghismo(무관심)'가 필요하다고도 주장합니다. 눈에 보이는 것에 대해 빠짐없이 걱정하기 시작하면 어떻게 마음 편히 살 수 있겠느냐는 뜻입니다. 이런 사고방식은 결국 영혼을 철갑으로 둘러쌉니다. 다시 말하면, 무관심이 영혼의 방탄복 역할을 합니다. 따라서 어떤 것도 영혼에 스며들지 못하고 튕겨 나옵니다. 무관심이 일상이 되어 우리의 생활과 가치 판단에 소리 없이 스며들면, 위험하기 짝이 없습니다. 이런 이유에서라도 우리는 무관심에 익숙해져서는 안 됩니다.

주님이 사고하는 방법은 완전히 달라, 정반대에 있습니다. 하느님은 결코 무관심하지 않습니다. 하느님의 본질은 자비입니다. 따라서 보고 느끼는 데 그치지 않고, 행동으로 응답하십니다. 하느님은 알고 느끼면, 우리를 구하려고 달려오십니다. 하느님은 기다리고만 있지 않습니다. 세계 어디에서든 따뜻하고 관심 어린 즉각적인 응답을 얻으면, 그것은 곧 하느님이 응답하신 것입니다. 하느님의 성령은 어디에나 계시니까요.

하느님이 우리에게 주려고 기다리는 가능성은 우리가 생각할 수 있는 범위와 한계를 넘어서지만, 무관심은 그런 가능성의 문을 닫아버리며 성령의 접근을 방해합니다. 이번 위기는 우리 마음에 성령을 불러일으켰지만, 무관심 때문에 많은 사람이 성령의 움직임을 느끼지 못하고 있습니다. 무관심한 사람은 하느님이 우리에게 주려는 새로운 것에 다가갈 수 없습니다.

이런 이유에서 우리는 '그래서 어쩌라고?'라는 무관심의 폐해를 깨닫고, 현재 세계 곳곳에서 우리에게 전해지는 불행에 열린 마음으로 관심을 기울여야 합니다.

그렇게 하면 온갖 의혹과 의문이 봇물처럼 쏟아집니다. 어떻게 대응해야 할까? 우리가 무엇을 할 수 있을까? 내가 어떻게 도울 수 있을까? 지금 하느님이 우리에게 원하는 게 무엇일까?

이런 의문들을 멋들어진 미사여구로 제기할 필요는 없습니다. 그저 촛불 앞에서 조용히 진실한 마음으로 제기하면 충분합니다. 이렇게 마음을 열고 성령의 움직임을 느껴 보십시오. 그러면 우리 주변의 사소한 것에서 혹은 우리가 매일 행하는 일에서 새로운 가능성이 눈에 띄기 시작할 겁니다. 그리고 그 사소한 것에 헌신하면 더불어 함께 살아가며 사랑하는 이웃을 섬기는 다른 방법을 상상하게 됩니다. 그때 우리는 진정한 변화, 가능한 변화를 꿈꿀 수 있습니다.

선택의 순간
새로운 가능성이
열립니다

이 역경의 시대에 나는 마태오 복음서에서 예수님이 남긴 마지막 말씀에서 희망을 찾습니다. 예수님은 "내가 세상 끝날까지 언제나 너희와 함께 있겠다"라고 말씀하셨습니다. [마태오 복음서 28장 20절] 우리는 혼자가 아닙니다. 이런 이유에서 우리는 문제와 고통으로 가득한 어두운 밤에 들어가는 걸 두려워할 필요가 없습니다. 우리는 미리 준비되고 깔끔하게 포장된 대답이 없다는 걸 알고 있지만, 주님이 우리가 그곳에 있다는 것조차 모르는 문을 우리에게 열어주시리라는 걸 굳게 믿습니다.

물론 우리는 망설이기 마련입니다. 수많은 고통을 마주할 때 누가 멈칫하지 않겠습니까? 두려움에 가슴이 떨리는 건 당연합니다. 어쩌면 그 사명의 두려움이 성령의 징표일 수 있습니다. 우리는 그 사명을 떠맡기에 부적절하다고 느끼면서도 그 사명을 받아들입니다. 우리 마음속의 따뜻한 무언가가 우리에게 안심하고 하느님을 따르라고 말하기 때문입니다.

이렇게 선택과 모순에 직면할 때, 하느님의 뜻을 물으면 뜻밖의 가능성이 우리에게 열립니다. 나는 이런 가능성을 '범람'이라 묘사합니다. 그 새로운 가능성들이 우리 생각의 둑을 터뜨리기 때문입니다. 우리에게 닥친 문제를 겸손히 하느님 앞에 내려놓고 도움을 간구할 때 범람이 일어납니다. 이 단계를 '영의 식별discernment of spirits'이라 부릅니다. 이때 하느님에게 속한 것과 하느님의 뜻을 방해하려는 것에 대해 알게 됩니다.

영을 식별한다는 것은 성급한 결정으로 고통을 조금이나마 경감하려는 욕망을 억제하고, 하느님 앞에 다양한 선택안을 기꺼이 내려놓고 범람을 기다리는 것입니다. 우리는 여러 선택안을 두고 가부간의 판단을 내립니다. 이때 예수님이 우리와 함께하고 우리의 편이라는 것을 알게 됩니다. 내면에서 성령이 부드럽게 끌어당기는 힘이나 반대로 부드럽게 내치는 힘이 느껴집니다. 시간을 두고 인내하며 기도하고, 다른 사람들과 대화하며 해결책에 도달합니다. 그 해결책은 단순한 절충안이 아닌, 완전히 다른 것입니다.

이쯤에서 분명히 해두고 싶은 게 있습니다. 그리스도인의 삶에서 하느님의 뜻을 구할 때 타협을 통한 절충적인 해결은 없습니다. 그럼 그리스도인이 결코 타협하지 않는다는 뜻일까요? 그렇지 않습니다. 때로는 타협이 전쟁이나 그 밖의 재앙을 피할 수 있는 유일한 방법입니다. 그러나 타협이 모순과 갈등을 근원적으로 해결하지는 않습니다. 타협은 일시적인 해결이고, 하느님의 뜻을 간구하며 적절한 시기에 통찰력 있는 식별력으로 완전히 해결할 수 있을 때까지 상황이 무르익기를 기다리는 유보를 뜻합니다.

우리는
접촉하기 위해
태어난 존재입니다

봉쇄 시기에 뉴스 매체와 소셜미디어는 좋은 쪽으로든 나쁜 쪽으로든 우리와 세계를 이어주는 주된 창문이 되었습니다.

언론인의 주된 역할이라면, 우리가 세상에서 어떤 일이 일어나는지 파악하고, 다양한 주장과 의견을 듣고 균형 있게 평가할 수 있도록 도움을 주는 것입니다. 최고의 기자들이 우리를 주변부로 데려가 그곳에서 일어나는 사건들을 보여주며 우리에게 관심을 갖게 했습니다. 여기에 저널리즘의 숭고함이 있습니다. 우리가 실존적인 근시안적 사고를 이겨내도록 돕고, 토론과 논쟁의 공간을 여는 것이 저널리즘의 본연한 역할입니다. 이번 위기에서 무관심의 늪에 빠지지 않도록 우리를 구해준 뉴스 매체에 나는 경의를 표하고 싶습니다.

그러나 미디어도 병적인 증상을 앓고 있습니다. 거짓 정보와 명예 훼손을 남발하고, 낯뜨거운 추문을 대서특필합니다. 대중에게 충격을 주는 것이 사실을 보도하는 것보다 중요하다며, 영향력을 휘두르는 수단으로 기사를 꾸며내는 탈진실 문화post-truth culture에 사로잡힌 언론 매체도 적지 않습니다. 가장 부패한 매체는 독자와 시청자의 요구에 영합해 그들의 선입견과 두려움에 부합하도록 사실을 왜곡하는 언론입니다.

실제로 이번 위기의 원인을 외국인들에게 돌려 그들에게 책임을 뒤집어씌우고, 코로나19가 독감과 크게 다르지 않으며, 모든 것이 신속히 과거의 상태로 되돌아갈 것이고, 예방을 위해 필요한 제약들이 간섭하기를 좋아하는 정부의 부당한 요구와 다를 바가 없다고 국민들을 설득하려던 언론 매체도 적지 않았습니다. 물론 이런 주장을 자신에게 이익이 되는 쪽으로 퍼뜨리는 정치인들도 있습니다. 그러나 언론이 그런 이야기를 만들어내고 퍼뜨리지 않는다면 정치인들의 선전도 성공할 수 없을 것입니다.

이처럼 미디어는 중간에 서서 중재자가 되는 역할을 포기함으로써 우리가 현실을 올바로 보는 걸 방해합니다. 안타깝게도 이런 현상은 교회로부터 교회를 구해내겠다고 주장하는 이른바 가톨릭계 미디어에서도 눈에 띕니다. 금전적 이득을 위해 특정한 이념을 지지하는 방향으로 사실을 재배열하는 보도는 부패한 저널리즘의 대표적인 모습으로, 결국에는 우리의 사회 조직망마저 망가뜨릴 것입니다.

우리가 직접 경험했듯이, 어떤 언론도 사랑하는 사람이나 현실 세계와 직접 접촉하고 싶은 인간 영혼의 욕망을 채워줄 수 없습니다. 그 욕망을 충족하는 수단으로 다른 사람들과 몸을 부대끼며 복잡하기 이를 데 없는 삶을 경험하는 방법보다 나은 것은 없습니다. 친교가 단순한 접속보다 훨씬 낫고, 여기에 영적인 교감과 형제애와 같은 신뢰의 끈, 그리고 물리적 만남까지 더해지면 큰 결실을 맺을 수 있을 것입니다.

사회적 거리두기는 팬데믹에 필요한 대응책이지만, 한없이 지속될 수는 없습니다. 그럼 필연적으로 인간애도 약화될 테니까요. 게다가 우리는 단순한 접속을 넘어 접촉하기 위해 태어난 존재들입니다.

혹시 이런 말이 오해를 불러일으키지는 않기를 바랍니다. 그러나 우리에게 가장 필요한 친교는 접촉입니다. 코로나 바이러스 때문에 포옹하고 악수하기가 망설여지는 것이 사실입니다. 사랑하는 사람들과 접촉하고 싶지만, 그들과 우리 자신을 위해 때로는 접촉을 포기해야 합니다. 하지만 접촉은 인간에게 무엇보다 필요한 것입니다.

코로나19가 창궐하기 전에는 수요일 일반 알현에서 짧은 강론을 마치면 사람들과 함께 어울렸습니다. 언젠가 시각 장애인인 아이들이 나에게 "제가 교황님을 볼 수 있을까요?"라고 묻더군요. 그래서 "물론이지"라고 대답했지만, 처음에는 그 아이들이 무슨 뜻으로 그렇게 묻는지 몰랐습니다. 하지만 아이들이 내 얼굴을 손으로 만지고 싶어한다는 걸 곧 알게 됐습니다. 그 아이들은 그런 식으로 저를 '보았던' 것입니다. 접촉은 테크놀로지가 아직 대체하지 못한 유일한 감각입니다. 어떤 기계 장치도 시각 장애인 아이들에게 손으로 나를 '보는 것'만큼 명확히 나를 볼 수 있게 해줄 수 없습니다.

많은 교회가 코로나19에 대응하는 방법을 보고 나는 깊은 감동을 받았습니다. 그들은 사회적 거리두기를 엄격히 지키면서도 사람들에게 조금이라도 가까이 다가가는 방법을 고민했습니다. 온라인으로 예배를 중계하면서 신도석에는 신자들의 사진을 올려두었고, 디지털 플랫폼에서 모임과 기도회를 진행했으며, 원격으로 피정을 시도하고, 전화와 태블릿PC로 사람들과 접촉했습니다. 또 수십 명의 성악가와 연주자가 집에서 아름다운 노래를 하거나 연주한 모습을 편집하여 동영상을 제작하기도 했습니다. 격리가 강요된 시기였지만, 하느님의 백성으로 함께하는 새롭고 창의적인 방법이 고안된 시기였습니다.

회중들과 함께 미사를 올릴 수 없어 많은 사제가 가가호호 찾아다니며 창문으로 신도들을 살피거나, 전화로 사도로서의 소임을 다했습니다. 이 모든 것이 팬데믹의 시대에도 사람들과 친교를 나누는 책무를 등한시하지 않으려는 노력이었습니다. 심지어 혼자 사는 고령자들을 위해 장보기를 대신해준 사제도 있었습니다. 이번에 나는 교회가 살아 있다는 걸 확인했습니다. 하나하나의 증거가 놀라울 따름이었습니다.

사람의 가치를 인정하지 않은 죄

인터넷 덕분에 우리는 서로 접속해 친교를 나눌 수 있지만, 인터넷이 우리의 내적인 삶과 가정 풍경을 바꿔 놓은 것도 사실입니다. 디지털에 과도하게 노출되는 데 따른 영향, 예컨대 사생활을 침해당한 듯한 기분과 피로감에 시달리고, 모든 면에서 온라인화된 삶을 사는 까닭에 전혀 휴식할 틈이 없어진 것에 대해 하소연하는 사람이 적지 않습니다. 모니터에 과도하게 노출되는 것은 우리가 신중하게 분석해야 할 새로운 현상입니다.

예컨대 사회적 거리두기로 온라인을 통한 성범죄와 성적 학대에 더욱 취약해진 사람들이 많습니다. 이는 우리가 공동체의 일원으로서 반드시 경계해야 하는 것입니다.

감사하게도 수년 전부터 우리는 이 문제를 특별히 재인식하기 시작했습니다. 성적 학대, 권력 남용, 양심을 저버린 행위로 나타나는 학대 문화는 피해자와 그 가족들을 통해 처음으로 폭로되기 시작했습니다. 그들은 온갖 고통을 무릅쓰고 정의를 위한 투쟁을 끝까지 해냈고, 비뚤어진 문화를 사회에 알리며 사회를 치유하는 데 앞장섰습니다.

이런 말을 할 때마다 한없이 부끄럽고 눈물이 앞을 가리지만, 가톨릭 교회의 사제들에 의해서도 그런 성적 학대가 범해졌습니다. 수년 전부터 우리는 성적 학대를 근절하고, 그와 관련된 고발에 신속히 대응할 수 있는 돌봄 문화를 조성하기 위해 중대한 조치를 취했습니다. 그런 문화가 정착되려면 상당한 시간이 걸리겠지만, 그것은 피할 수 없는 책무이기 때문에 우리는 그런 문화를 만들어가기 위해 모든 노력을 다해야 할 것입니다. 성적 학대, 권력 남용, 양심을 저버린 행위 등 어떤 형태의 학대도 이제는 교회 안팎 모두에서 사라져야만 합니다.

사회에서도 이런 각성이 일어났습니다. 이른바 '미투 운동'으로, 막강한 권력을 누리던 정치인과 언론계 거물과 기업인에 대한 고발이 잇달았습니다. '그들이 원하는 모든 것을 가질 수 있다면, 젊은 여성을 원할 때 그 여성을 성적으로 소유하지 못할 이유가 무엇인가?'라는 사고방식도 폭로되었습니다. 권력자들의 죄는 거의 언제나 '그럴 만한 특권을 지녔다는 믿음에서 비롯된 죄'입니다. 달리 말하면, 수치심도 없고 놀라울 정도로 파렴치하고 오만한 사람들이 범하는 죄입니다. 교회에서 이런 '특권 의식'은 곧 교권주의라는 암 덩어리이며, 우리 성직자들에게 맡겨진 소명의 가치를 손상시키는 도착증입니다.

이 경우에도 죄의 뿌리는 똑같습니다. 사람을 소유할 권리가 있다고 믿었던 사람들, 또 어떤 한계도 인정하지 않고 수치심도 없이 사람을 자기 뜻대로 이용할 수 있다고 믿었던 사람들이 과거에 저지른 죄와 다를 바가 없습니다. 이는 결국 한 사람의 가치를 존중하지 않은 죄입니다.

경찰에게 끔찍하게 살해당한 조지 플로이드의 경우도 권력 남용의 예입니다. 이 사건으로 전 세계적으로 인종차별에 항의하는 시위가 일어났습니다. 모두가 온갖 형태의 학대로부터 벗어나 품위 있게 살 권리를 주장하는 것은 당연합니다. 학대는 인간의 존엄성에 대한 중대한 침해이므로 용납될 수 없습니다. 따라서 우리는 학대에 대항해 줄기차게 싸워야 합니다.

하지만 모든 좋은 것이 그렇듯이, 이런 양심의 각성도 조작되고 상업화되는 위험을 무릅써야 합니다. 내가 이렇게 이야기하는 이유는 학대와 남용의 폐해를 고발하려는 대담하고 진실한 시도에 의구심을 제기하지 말고, 때로는 좋은 것에 나쁜 것이 섞여 있다는 걸 미리 알려주기 위해서입니다. 학대받은 피해자를 이용하는 변호사, 즉 피해자를 돕고 지켜주기는커녕 피해자로부터 이익을 챙기려는 변호사가 적지 않아 안타까울 따름입니다.

정치인의 경우도 마찬가지입니다. 언젠가 나는 한 정치인에게 편지를 받았습니다. 그는 그 편지에서 자국에서 벌어진 권력 남용의 역사를 빠짐없이 폭로했습니다. 하지만 사법 당국의 조사에서 그의 폭로가 사실이 아닌 것으로 밝혀졌습니다. 그는 전혀 존재하지도 않았던 권력 남용을 폭로하면서 편지에서 자신을 영웅으로 묘사했습니다. 게다가 훗날 나는 그가 주지사에 출마했고, 자신의 폭로를 이용해 당선되려고 했다는 걸 알게 되었습니다.

정치적이나 사회적 이득을 위해 다른 이들의 불행을 이용하고 과장하고 왜곡하는 것도 피해자의 아픔을 무시하고 업신여기는 심각한 남용의 한 형태입니다. 이런 남용도 개탄스럽기 그지없습니다.

자유의 진정한 의미

코로나19가 창궐하는 동안 벌어진 몇몇 시위에 참가한 이들은 분노하며 피해자 의식을 전면에 내세웠습니다. 그러나 그들은 자신의 상상 속에서만 피해자일 뿐입니다. 마스크의 의무적인 착용이 국가의 부당한 강요라고 주장하지만, 사회보장제도에 의지할 수 없거나 일자리를 잃은 사람들을 신경 쓰지 않는 사람들입니다.

적잖은 예외도 있었지만, 많은 국가가 국민의 복지를 우선시하며 국민의 건강을 보호하고 목숨을 구하려는 노력을 게을리하지 않았습니다. 물론 사망자가 통탄할 만한 수준으로 증가할 거라는 고통스러운 증거를 대수롭지 않게 취급하는 예외적인 정부도 있었습니다. 그러나 대부분의 정부는 책임감 있게 행동하며, 팬데믹의 확산을 억제하기 위해 엄격한 조치를 시행했습니다.

하지만 몇몇 집단은 사회적 거리두기를 거부하며 여행 제한 조치에 항의했습니다. 정부가 국민의 안전을 위해 강요하는 조치들이 개인의 자유와 자주권에 대한 정치적 공격인 것처럼 취급한 것입니다! 공익은 한 사람 한 사람의 이익을 모두 합친 것보다 훨씬 더 중요합니다. 공익을 추구한다는 것은 모든 시민을 존중하며, 가장 불운한 사람의 욕구에 실질적으로 부응한다는 뜻이기 때문입니다.

앞에서 우리는 나르시시즘, 철갑으로 무장한 자아, 끊임없이 불평불만을 터뜨리며 오직 자신만을 생각하는 사람에 대해 말했습니다. 그런 사람들은 우리 모두에게 똑같은 가능성이 허용되지는 않는다는 걸 생각하지 못합니다. 또한 그런 사람들은 어떤 개념, 예컨대 개인의 자유라는 개념을 이데올로기로 바꿔놓고, 그것을 모든 것을 판단하는 기준으로 너무도 쉽게 받아들입니다.

그런 사람들은 조지 플로이드의 죽음에 항의하지도 않을 것이고, 판자촌 아이들이 제대로 교육을 받지 못하고 깨끗한 물도 마시지 못하는 현실 때문에, 혹은 가족 모두가 수입원을 상실했다는 이유로 조직된 시위에 참가하지도 않을 것입니다. 또 무기 거래에 소비되는 엄청난 액수로 인류 전체를 먹일 수 있고, 모든 아이를 학교에서 보낼 수 있다고 고발하는 시위에도 참가하지 않을 것입니다. 이런 문제들에 그들은 결코 항의하지 않을 것입니다. 그들은 자신에게 이익이 되는 협량한 세계에서 한 발짝도 벗어나지 않을 것입니다.

안타깝게도 우리 교회에도 똑같은 사고방식을 지닌 사람이 많지만, 그들을 무시할 수는 없습니다. 일부 사제와 평신도가 다른 형제자매들과의 연대의식과 형제애를 상실하며, 나쁜 사례를 보여주었습니다. 그들은 진실로 생명을 보호하려는 노력을 일종의 문화 전쟁으로 바꿔놓았습니다.

진정한 역사가 있으려면 기억이 있어야 합니다.
과거가 부끄럽더라도 이미 지나온 길을
인정할 수 있어야 합니다.
자유로운 사람은 기억하는 사람이고,
역사를 부정하지 않고 인정하며
역사로부터 교훈을 얻는 사람입니다.

역사를 기억해야 하는 이유

이번 위기로 우리의 취약함이 여실히 드러났습니다. 우리가 삶의 기반으로 삼았던 안전도 거짓된 것으로 밝혀졌습니다. 따라서 지금은 정직하게 생각하며, 문제의 근원을 인정해야 할 때입니다.

2020년 여름을 뜨겁게 달구었던 인종차별 반대 시위에서 몇몇 국가에서 많은 역사적 인물들의 동상이 훼손되고 파괴되었습니다. 이처럼 과거를 정화하려는 열망이 나로서는 걱정스럽습니다. 일부 시위자들은 자신들이 지금 갖고 싶은 역사를 과거에 투영하며, 과거의 흔적을 지워버리려고 했습니다. 그러나 그 반대가 되어야 합니다. 진정한 역사가 있으려면 기억이 있어야 합니다. 과거가 부끄럽더라도 이미 지나온 길을 인정할 수 있어야 합니다. 역사를 지우고 잘라내버리면, 우리는 기억을 잃게 됩니다. 기억은 과거의 실수를 되풀이하지 않기 위한 극소수의 해법 중 하나입니다. 자유로운 사람은 기억하는 사람이고, 역사를 부정하지 않고 인정하며, 역사로부터 교훈을 얻는 사람입니다.

신명기 제26장에서 모세는 이스라엘 사람들에게 주님이 약속한 땅을 차지한 후에 무엇을 어떻게 해야 하는지를 지시합니다. 이스라엘 사람들은 그 땅에서 얻은 맏물을 제물로 사제에 가져가, 이스라엘 민족의 역사를 기억하며 감사 기도를 드려야 했습니다. "저희 조상은 떠돌아다니는 아람인이었습니다"로 시작되는 기도였습니다. 그 후에는 부끄러운 역사와 구원받은 이야기가 뒤따릅니다. 그들의 조상이 이집트로 내려가 이방인과 노예로 살았지만, 그 민족은 하느님의 이름을 부르며 기도한 까닭에 이집트에서 나와 그 땅으로 오게 되었다고 기도합니다.

달리 말하면, 우리의 부끄러운 과거도 우리가 무엇이고 누구인지를 말해주는 부분입니다. 내가 이런 역사를 기억하자고 말하는 이유는 과거의 압제자들을 찬양하기 위함이 아니라, 억압받은 사람들의 증언과 위대한 영혼에 영광을 돌리기 위함입니다. 그러나 나의 무고함을 주장하겠다고 다른 사람의 죄를 거론할 때는 큰 위험을 따릅니다.

물론 동상을 끌어내리고 무너뜨린 사람들은 과거의 잘못에 경각심을 일깨우고, 그런 잘못을 범한 사람들에 대한 공경을 부정하려고 그렇게 했을 것입니다. 그러나 현재의 관점에서 과거를 판단하고 부끄러운 과거를 지워버리려 한다면, 인류의 역사를 잘못된 행위의 역사로만 환원하며 또 다른 불의를 범하는 위험을 각오해야 할 것입니다.

과거는 부끄러운 상황들로 가득합니다. 복음서에서 예수님의 가계도를 읽어보십시오. 우리 모두의 가족이 그렇듯이, 예수의 가계도에도 결코 성인이라 할 수 없는 인물이 상당히 많습니다. 하지만 예수님은 자신의 조상과 역사를 배척하지 않습니다. 오히려 가감 없이 받아들이며 우리에게도 똑같이 하라고 가르치십니다. 부끄러운 과거를 감추지 말고 있는 그대로 인정하라고 가르치십니다.

물론 동상이 상징하는 인물이 더 이상 새로운 세대를 대변하지 못할 때 예부터 많은 동상이 끌어내려졌고 다른 인물의 동상으로 대체되었습니다. 그러나 그런 행위는 합의를 도출하는 과정을 거쳐야 합니다. 폭력적인 행위보다 토론과 대화를 통한 합의가 있어야 합니다. 그 대화는 과거로부터 배우겠다는 것을 목표로 삼아야 하며, 현재의 잣대로 과거를 심판하는 데 목표를 두어서는 안 됩니다. 과거를 비판적으로 보되 이해하려고 하십시오. 그래야 지금 우리가 혐오스럽게 여기는 짓을 과거에 당연하게 여겼던 이유가 이해될 겁니다. 당시의 제도와 관습이 저지른 실수를 우리가 사과해야 한다면, 얼마든지 사과할 수 있습니다. 그러나 항상 당시의 맥락을 염두에 두어야 합니다. 오늘의 잣대로 과거를 심판하는 것은 옳지 않습니다.

어떤 행위가 과거에 정당했다는 이유만으로 지금도 그 행동이 옳은 것은 아닙니다. 그러나 인류는 진화하며, 우리의 도덕의식도 높아졌습니다. 역사는 과거의 실상이지, 우리가 바라는 과거의 이상적인 모습이 아닙니다. 따라서 이데올로기라는 장막으로 과거를 덮어버리려 한다면, 더 나은 미래로 향하기 위해 현재 어떤 변화를 도모해야 하는지 파악하기가 훨씬 더 어려워집니다.

지구는 인류가 공통으로 소유한 집입니다

병든 세상에서도 우리는 건강할 수 있습니다. 그렇습니다. 우리는 오래전부터 그렇게 생각해왔습니다. 그러나 이번 위기로 건강한 세상을 위해 일하는 게 무척 중요하다는 걸 절실히 깨달았습니다.

이 세계는 하느님이 우리에게 주신 선물입니다. 성경의 창조 이야기에는 "하느님께서 보시니 좋았다"라는 말이 계속 되풀이됩니다.[창세기 1장 12절] '좋았다'는 풍요롭고 활력을 주며 아름답다는 뜻입니다. 아름다움은 생태 인식을 위한 출발점입니다. 나는 작곡가 하이든의 〈천지창조〉를 들을 때마다 창조된 사물의 아름다움에서 하느님을 찬양하게 됩니다. 끝부분을 장식하는 아담과 하와의 이중창에서 우리는 자신들에게 주어진 아름다운 세계에 도취된 한 남자와 한 여자를 만나게 됩니다. 창조 자체가 그렇듯이, 아름다움은 순수한 선물이며, 하느님의 마음이 우리를 향한 사랑으로 넘쳐흐른다는 징표입니다.

여러분을 사랑하는 어떤 사람이 아름답고 소중한 선물을 여러분에게 준다면, 그 선물을 어떻게 다루겠습니까? 그 선물을 무시하고 업신여긴다면, 선물을 준 사람을 무시하고 업신여기는 것과 같습니다. 반면에 그 선물을 소중히 생각하면 알뜰살뜰 보살피며 아끼기 마련입니다. 그 선물을 함부로 다루지 않고 고마워하며 존중합니다. 따라서 우리가 지구에 가하는 훼손은 결국 감사하는 마음을 상실한 데서 비롯되는 것입니다. 우리는 그저 소유하는 데 익숙해졌을 뿐, 감사하는 마음을 잃어버렸습니다.

2007년 5월 브라질 아파레시다 성전에서 남아메리카 주교회의가 진행되는 동안, 나 자신도 이런 진실을 깊이 인식하기 시작했습니다. 당시 나는 회의를 마무리짓는 문안을 작성하는 위원회에 소속되었는데, 브라질 주교들과 다른 나라에서 온 주교들이 아마조니아(아마존 우림)에 들어가고 싶어해서 처음에는 약간 짜증스러웠습니다. 당시에 나는 그런 바람이 지나치다고 생각했습니다.

그런데 작년에 나는 아마조니아를 위한 특별 시노드synod(교회회의)를 요청했습니다.

그사이에 어떤 일이 있었던 것일까요? 아파레시다 주교회의 이후 나는 새로운 이야기를 듣기 시작했습니다. 예컨대 남태평양의 유명한 섬나라 정부가 사모아로부터 땅을 구입해 자국민을 그곳으로 이주시키려고 한다는 이야기였습니다. 20년 후에는 그 섬이 해수면 아래로 잠길 것이란 예측이 있었기 때문입니다. 또 하루는 태평양 지역에서 봉사하던 한 선교사에게 이런 이야기를 들었습니다. 그가 배를 타고 이곳저곳을 돌아다닐 때 수면 위로 불쑥 솟은 나무 한 그루를 보고는 선장에게 "저 나무가 바다에 심어졌던 겁니까?"라고 물었습니다. 그러자 그 배를 조종하던 선장이 그에게 "아닙니다. 저기가 옛날에는 섬이었습니다"라고 대답했다고 합니다.

그 후로도 많은 만남과 대화, 앞에서 말한 것과 같은 일화를 통해 내 눈이 뜨였습니다. 일종의 각성 같은 것이었습니다. 아무것도 보이지 않는 밤이 계속될 것 같아도 조금씩 새벽이 열리고 마침내 낮이 됩니다. 나의 깨달음의 과정도 똑같았습니다. 조용하고 차분하게, 여기저기서 얻은 정보를 통해 조금씩 알게 되고, 마침내 상황의 심각함을 확신하게 되었습니다. 특히 이 문제를 다룬 바르톨로메오스 총대주교의 글이 도움이 되었습니다. 그때부터 나는 사람들에게 이 문제에 대해 우려를 표명하기 시작했고, 그들로부터 도움도 받았습니다. 머리를 맞대고 함께 고민할 때 우리는 지평선과 한계를 보기 시작합니다.

내 생태 인식은 이렇게 시작되었습니다. 나의 생태 인식에는 하느님의 도움도 있었습니다. 로욜라의 성 이냐시오가 물방울이 수면에 떨어지는 것과 같다고 묘사한 현상을 영적으로 경험하며, 나의 생태 인식이 시작되었으니까요. 새벽이 서서히 열리듯이, 차분하고 조용하게 그리고 끊임없이 나의 생태 시각도 조금씩 성장하기 시작했습니다. 나는 인간과 자연의 조화로운 결합을 보았고, 인간의 운명이 우리 모두가 공동으로 소유한 집, 즉 지구의 운명과 어떻게 불가분의 관계에 있는지를 깨닫기 시작했습니다.

자연과 인류의 파괴를 막기 위한 길

생태 인식은 깨달음이지, 이데올로기가 아닙니다. 생태 체험을 이데올로기로 바꿔놓으려는 녹색운동 단체들이 있지만, 생태 인식은 그저 인식이고 깨달음이지 이데올로기가 아닙니다. 생태 인식은 인류의 운명에서 무엇이 위험에 처했는지를 스스로 깨닫고 자각하는 것입니다.

교황으로 선출된 후, 나는 기후과학과 환경과학 전문가들에게 우리 지구의 상태에 대한 최고의 자료를 수집하라고 요청했고, 몇몇 신학자에게는 세계 전역에서 활동하는 해당 분야의 전문가들과 대화하며 그 자료를 분석해달라고 부탁했습니다. 신학자들과 과학자들은 머리를 맞대고 연구한 끝에 종합적인 결론을 도출해냈습니다.

그 연구가 한창 진행 중이던 2014년, 나는 유럽 평의회에서 연설하려고 프랑스 스트라스부르에 갔습니다. 당시 프랑수아 올랑드 프랑스 대통령은 환경부 장관 세골렌 루아얄을 그곳에 파견했고, 나는 그녀의 영접을 받았습니다. 공항에서 담소를 나누는 동안, 그녀는 내가 환경 보호를 위한 회칙을 준비하고 있다는 소문을 들었다고 말했습니다. 나는 그렇다고 대답했고, 그녀는 2015년 12월 파리에서 열릴 예정인 국가 원수들의 회담 이전에 그 회칙이 공개되면 좋겠다고 말했습니다.[3] 그녀는 정상회담이 원만하게 진행되기를 바랐습니다. 그녀의 바람대로 회담은 성공적으로 끝났습니다. 안타깝게도 나중에 몇몇 국가가 회담의 결과를 우려하며 지지를 철회했지만, 교회가 이 중대하고 불가피한 과정에서 목소리를 냈다는 게 중요합니다. 우리의 신앙이 목소리를 내라고 요구하고 있으니까요.

내가 발표한 두 번째 회칙 '찬미받으소서'는 녹색 혁명을 요구한 회칙이 아닌, 사회의 변화를 촉구한 회칙입니다. 환경과 사회는 서로 밀접한 관계가 있습니다. 창조의 운명은 인류 모두의 운명과 결부되어 있습니다. 나는 성

베드로 광장에서 인견할 때 그곳에 서너 열로 늘어선 병자들을 맞이합니다. 특히 어린아이들에게는 "이디가 아픈가요?"라고 묻습니다. 내가 듣는 대답의 40퍼센트가량이 환경 관리의 소홀로 인한 '특이한 질병'입니다. 이는 폐기물을 무책임하게 사용하고, 농약을 부주의하게 사용하는 습관이 여전히 계속되고 있다는 의미입니다. 이런 무책임과 무모함이 사람들을 병들게 하고, 다음 세대의 미래를 좀먹고 있습니다. 의사들도 이런 질병들을 어떻게 치료해야 할지 몰라 난감할 뿐입니다. 흔치 않은 질병이지만 의사들은 그 병의 원인이 무엇인지 분명히 알고 있습니다. 그러나 그 병에 시달리는 사람이 많지 않기 때문에 적절한 약을 개발해도 제약회사에는 이익이 되지 않습니다.

여러분은 요즘 사과를 먹을 때 반드시 껍질을 벗겨서 먹을 겁니다. 혹시라도 껍질에 농약이 남아 있을까 걱정하기 때문입니다. 의사들은 어머니들에게 4세 이하의 아이들에게는 공장식 농장에서 생산된 닭고기를 먹이지 말라고 권고합니다. 공장식 농장에서 닭을 살찌우려고 먹이는 호르몬 제제가 아이들의 성장에 문제를 일으킬 수 있기 때문입니다.

생태 인식은 이데올로기의 문제가 아닙니다. 현실 세계는 위험에 빠져 있습니다. 사람들이 우리 모두의 고향인 지구와 더불어 병들어갑니다. 우리의 환경과 피조물도 예외가 아닙니다.

1년 전, 나는 산 베네데토 델 트론토라는 이탈리아 연안 도시에서 어부들을 만났습니다. 그들은 바다에서 몇 톤의 플라스틱을 건져 올렸다고 합니다. 그들의 배는 대체로 작은 어선이고, 어선 한 척에서 일하는 뱃사람이 여섯이나 일곱 명을 넘지 않습니다. 올해 그들은 다시 나를 만나러 와서는 무려 24톤의 해양 쓰레기를 건져 올렸고, 그중 절반인 12톤이 플라스틱이었다고 알려주었습니다. 그들은 그렇게 건져 올린 쓰레기를 다시 바다에 던져버리지 않는 것을 자신들의 소명으로 받아들였다고 합니다. 그래서 그물로 끌어올린 물고기와 플라스틱을 선상에서 분리한다고 합니다. 물론 분리에는 많은 비용이 들겠지요.

'찬미받으소서'에서는 환경 파괴에 대한 과학계의 일치된 의견을 근거로, 우리가 잊고 있는 것을 지적했습니다.

우리가 자애로운 창조주의 피조물이고, 하느님이 창조한 세계 안에서 살아가면서도 그 세계와 화합하지 못하는 것은 아닌지 물었습니다. 전문 분야에 대한 지식은 많지만, 우리가 하느님이 사랑으로 빚어낸 피조물이란 것을 깨달을 때 얻는 내적인 안녕이 턱없이 부족한 것이 인간의 서글픈 현실입니다. 그 깨달음은 우리가 하느님과 하느님께서 창조한 것을 존중하고, 서로를 존중하는 마음으로 표현됩니다.

창조에 대해 이야기하려면 시심詩心과 아름다움에 대한 인식이 있어야 합니다. 아름다움에는 조화가 함께합니다. 우리가 많은 사람을 희생하며 어떤 분야에 대한 관심의 폭을 좁힐 때 조화를 포기하게 됩니다. 예컨대 우리가 기술적인 것과 추상적인 것에 초점을 맞추며, 자연계에 내린 우리의 뿌리를 등한시하면 편향성을 띠고 조화를 상실하기 마련입니다. 우리가 어머니와 같은 존재인 자연을 도외시하면, 생존에 필요한 것만이 아니라 함께 살아가는 지혜마저 잃게 됩니다.

우리 인류는 자연이 가르치는 한계를 받아들이지 못하

듯이, 테크놀로지의 주인도 되지 못했습니다. 달리 말하면, 테크놀로지가 이제는 우리의 도구가 아니라, 어느덧 우리를 지배하는 주인이 되었습니다. 테크놀로지가 우리의 사고방식을 바꿔놓았다는 뜻입니다. 어떻게 이런 지경이 되었을까요? 우리가 과거보다 더욱더 한계를 용납하지 않기 때문입니다. 한계를 용납하지 않아서 이익이 된다면, 그렇게 하지 않을 이유가 없다고 생각하는 겁니다. 따라서 우리는 힘을 믿기 시작하고, 힘이 곧 진보라고 착각합니다. 그 결과 우리의 통제력을 높여주는 것이면 무엇이든 이롭다고 생각합니다.

우리 죄는 그 가치를 인정하지 않고 선물로서 가치 있게 생각하지 않는 것을 소유하고 이용하고 싶어하는 데 있습니다. 다른 사람과 창조 자체를 희생해서라도 부자가 되려는 욕심과 소유욕은 똑같은 이유에서 죄입니다. 우리가 조금 전에 성적 학대와 권력 남용과 관련해 다루었던 사고방식도 똑같이 죄가 됩니다. 이용하지 않아야 할 것을 이용하고, 결코 착취하지 말아야 할 대상에게서 재물이나 권력 혹은 만족감을 얻어내는 것도 죄입니다. 사랑에 필요한 한계를 거부하는 것도 죄입니다.

그 때문에 나는 '찬미받으소서'에서 '기술관료적 패러다임'으로 알려진 뒤틀린 사고방식에 대해 말했습니다. 기술관료적 패러다임은 다른 사람의 가치관이 강요하는 한계를 경멸하는 사고방식입니다. 그 회칙에서 나는 인류가 자연을 파괴하는 데 그치지 않고 자신을 파멸로 몰아가는 자학을 막으려면 생태적 회심ecological conversion이 필요하다고 주장했습니다. 나는 '통합 생태론integral ecology', 즉 자연을 돌보는 수준을 훨씬 넘어, 우리가 자애로운 하느님의 피조물로서 서로 돌봐야 한다는 생태론을 제안했습니다.

달리 말하면, 여러분이 낙태와 안락사와 사형을 용납할 수 있다고 생각한다면 강의 오염과 열대 우림의 파괴에 관심을 갖기는 어려울 수 있습니다. 물론 그 반대도 가능합니다. 이 쟁점들이 도덕적 관점에서 다르다고 생각하면, 낙태는 정당하지만 사막화는 그렇지 않고, 또 안락사는 나쁘지만 강의 오염은 경제 발전을 위해 감수해야 할 대가라고 주장할 수 있습니다. 그러나 이런 사고방식이 유지되면, 현재와 같은 통합의 결여에서 벗어나지 못할 것입니다.

코로나19로 인해 통합의 결여가 여실히 드러났습니다. 직시하는 눈을 가진 사람에게는 분명히 보일 겁니다. 이제 통합을 시도할 시간입니다. 이데올로기의 선택적 도덕성을 폭로하고, 하느님의 자손이 뜻하는 모든 함의를 받아들여야 할 시간이기도 합니다. 이런 이유에서 우리가 하느님의 뜻에 따라 세워야 할 미래는 통합 생태론, 즉 생태적 위기만 아니라 문화와 윤리의 타락도 심각하게 받아들이는 생태론으로 시작되어야 한다는 게 내 생각입니다. 기술관료적 패러다임에서 비롯된 개인주의도 경계해야 합니다.

⚜

이용하지 않아야 할 것을 이용하고,

결코 착취하지 말아야 할 대상에게서

재물이나 권력 혹은

만족감을 얻어내는 것도 죄입니다.

사랑에 필요한 한계를

거부하는 것도 죄입니다.

멈춤의 시간,
변화가
시작됩니다

일상적인 삶이 어떤 형태로든 방해를 받으면 다종다양한 형태의 대응이 나오기 마련입니다. 코로나19로 인한 봉쇄 조치로 가정 폭력이 증가했다고 합니다. 함께 살아가는 법을 모르는 사람이 그만큼 많다는 뜻일 겁니다. 안타깝게도 성폭력과 신체적 학대 등 공격적 행위도 눈에 띄게 늘었습니다. 그러나 한편으로는 봉쇄 조치로 형제애적 감정이 표면화되며 가족 간의 유대가 더욱 깊어졌다고도 합니다. 부모는 자식들과 놀아줄 시간이 더 많아졌고, 부부는 모든 문제를 더 깊이 상의할 수 있었으니까요.

'멈춤'은 과거를 돌이켜보기에 좋은 시간입니다. 우리가 누구이고 우리에게 무엇이 주어졌으며 우리가 어디에서 잘못된 길로 들어섰는지를 감사하는 마음으로 기억해내기에 좋은 시간일 수 있습니다. 한마디로, '체질'하기에 좋은 시간입니다.

삶의 과정에서 '멈춤'의 시간은 변화와 회심을 도모하기에 좋은 때입니다. 누구에게나 '멈춤'의 순간이 있습니다. 지금까지 이런 순간이 없었다면 언젠가는 겪게 될 것입니다. '멈춤'의 순간은 구체적으로 말하면 병에 걸렸을 때, 결혼이나 사업에 실패했을 때, 크게 실망하거나 배반을 당했을 때입니다. 코로나19로 인한 봉쇄의 시간이 그랬듯이, '멈춤'의 시간에는 긴장감이 높아지고 우리 마음속에 있는 것이 드러납니다.

그런 시간에 우리에게는 함께할 사람이 필요합니다. 의사를 지독히 혐오하는 사람도 적지 않겠지만, 불필요한 통증이나 더 나쁜 고통과 질병을 피하고 싶다면, 적절한 조언자를 구할 필요가 있습니다. 개인적이고 내적인 위기를 겪는 경우에도 마찬가지입니다. 이 경우에는 현명한 사람, 역경을 이겨낸 경험이 있는 사람, 어떤 식으로든 미래를 향해 하는 데 도움을 줄 수 있는 사람이 필요합니다.

이를테면 코로나19의 시대, 모든 것이 '멈춘' 시대에 분명히 드러난 것은 변화의 필요성입니다. 우리가 섬겨온 우상들, 우리가 삶의 기준으로 삼으려 했던 이데올로기들, 우리가 도외시한 관계에서 변화가 있어야 합니다. 억눌렸던 내적인 자유에도 숨통을 열어주어야 합니다. 코로나19가 개개인에게 안겨준 가장 큰 열매는 무엇일까요? 내 생각에는 건강한 유머 감각이 더해진 인내심입니다. 그런 인내심을 가질 때 우리는 그럭저럭 견디며, 변화가 일어날 공간을 마련할 수 있지 않을까요?

코로나 바이러스로 인한 우리 자신의 변화를 이해하는 데 도움을 줄 만한 두 인물을 성경에서 찾을 수 있습니다. 먼저 사울(바오로)의 경우를 생각해봅시다. 열정과 이상으로 가득한 이 투사에게 어떤 사건이 있었는지 생각해볼까요? 예수님의 제자들이 유대교를 비난하며 폄훼하자, 사울은 격분하며 그 제자들을 박살내겠다고 결심합니다. 그때까지도 그의 확신은 전혀 흔들리지 않을 것 같았습니다. 하지만 그의 모든 우선순위를 뒤집는 사건이 일어납니다.

그리스도를 만난 순간, 그는 그야말로 땅바닥에 내던져

지고 말았습니다. 그는 눈이 멀었고, 모든 것이 변했습니다. 그는 더 이상 어떤 이념을 위해 살지 않고, 그가 주님으로 인정한 사람을 위해 살았습니다. 전환은 순식간에 일어났지만, 변화를 완성하는 데에는 오랜 시간이 걸렸습니다. 그는 도움을 받아들였고, 스스로 정화를 시도했으며, 아라비아에 갔습니다. 그리고 14년이 지난 후, 마침내 지금 우리가 바오로로 알고 있는 사람으로서 사도들에게 말하기 시작했습니다. 성경에서 그 과정은 이름의 변화와 맞물립니다. 그것은 결국 사울에서 바오로로 새로운 정체성을 형성해가는 과정입니다.

또 다른 사람은 다윗 왕입니다. 다윗 왕은 세 번의 큰 위기를 겪었습니다. 첫째로 다윗은 자신의 간통을 섬뜩한 범죄적 행위로 해결하려고 했습니다. 밧세바의 남편, 우리야를 죽음의 늪에 몰아넣은 것입니다. 그러나 결국 다윗 왕은 자신의 잘못을 깨닫고 회개했습니다. 다윗 왕은 다시 일어섰고 다시 시작했습니다. 그러나 오만과 교만에 사로잡히며 두 번째 위기를 맞았습니다. 하느님을 신뢰하지 않고, 호구 조사를 통해 국민에 대한 지배력을 강화하려 했습니다. 하지만 이번에도 결국 회개했고, 이스라엘 백성을 불쌍히 여겨달라 간구하며 하느님에게 "대신 저를 벌하십시오. 백성들은 죄가 없습니다"라고 말했습니다.

마지막 세 번째 위기는 다윗 왕이 아들 압살롬에게 배신당해 예루살렘으로 달아날 수밖에 없던 때였습니다. 시므이가 다윗 왕에게 저주를 퍼붓고 돌을 던지자, 한 장군이 "이 죽은 개가 어찌 감히 저의 주군이신 임금님을 저주합니까? 가서 그의 머리를 베어버리게 해주십시오"라고 말합니다.[사무엘기 하권 16장 9절] 그러나 다윗 왕은 그 장군을 만류하며, "주님께서 그에게 명령하신 것이니 저주하게 내버려 두시오"라고 말합니다.[사무엘기 하권 16장 11절] 다윗 왕이 하느님 앞에 자신을 낮춘 것입니다.

바오로와 다윗 왕의 이야기에서 보듯이, 위기는 정화의 시간입니다. 두 이야기는 우리를 같은 곳으로 데려가며, 우리의 오만을 부끄러워하고 하느님을 믿게 합니다.

코로나19는 성경의 또 다른 두 이야기도 떠오르게 합니다. 이번에는 위기가 죄나 불행이 아니라, 선물을 등한시할 때 비롯된다고 경고하는 이야기입니다. 솔로몬과 삼손에게 닥친 위기가 대표적인 예입니다. 두 사람은 남다른 선물을 받았습니다. 솔로몬은 자신이 간구한 대로 엄청난 지혜를 받았고, 삼손은 적들과 싸우는 데 필요한 강력한 힘을 얻었습니다. 그러나 그들은 그 선물을 공경하지 않았기 때문에 끝이 좋지 않았습니다.

솔로몬은 크게 성공해 그 시대에 가장 지혜롭고 부유한 사람이 되었습니다. 스바 여왕이 그처럼 잘 갖추어진 궁전을 본 적이 없었고, 그처럼 호화로운 연회와 화려한 의상을 본 적이 없었다고 감탄했을 정도였습니다! 실제로 솔로몬의 연회는 세계적으로 유명한 최상급의 잔치였습니다. 그러나 스바 여왕이 정말로 감탄한 것은 솔로몬의 깊은 지혜였습니다. 솔로몬은 하느님에게 분별의 은사를 달라고 간구했고, 그래서 그 깊은 지혜를 갖게 되었습니다. 한 아기를 두고 서로 어머니라고 주장하는 두 여인을 재판한 유명한 이야기도 여기에서 나온 것입니다. 이스라엘 전역이 하느님이 솔로몬에게 준 지혜를 찬양했습니다.

그러나 솔로몬은 점점 자만하게 되었고, 그에 따라 그의 마음도 강퍅해졌습니다. 애초부터 그런 지혜를 가질 자격이 있었던 것처럼 방종하게 되었습니다. 모든 면에서 해이해졌지만, 결코 해이해져서는 안 될 부분에서도 나태해졌습니다. 지혜라는 은사를 주었던 하느님을 향한 예배마저 등한시했습니다. 대교황 그레고리오 성인께서는《욥기 주해》에서 은총을 잃은 타락에 대해 설명하며 "약한 사람이 많은 칭찬을 받으면 복 받은 사람이 '된 것'을 기뻐하지 않고, 복 받은 사람이라 '불리는 것'을 기뻐한다"라고 말씀하셨습니다. 게다가 그런 사람은 점점 더 박수갈채를 갈구하며 "그의 행동이 하느님 안에서 칭찬받을 만했던 만큼, 그는 하느님으로부터 멀어집니다"라고 덧붙였습니다.[4]

솔로몬의 끝은 좋지 않았습니다. 사방에서 적에게 에워싸이고, 왕국은 분열되어 가련한 사람이 되고 말았습니다. 본질적인 면에서 삼손도 마찬가지였습니다. 삼손은 믿기지 않을 정도로 강한 사람이었지만 치명적인 약점이 있었습니다. 삼손은 들릴라의 유혹에 넘어가 그 비밀을 그녀에게 알려주고, 그녀는 삼손을 배신합니다. 그러나 늦지 않게 삼손은 본래의 힘과 정체성을 회복하며, 하느님에게 충성하는 삶으로 되돌아가 영웅적인 행동으로 마지막을 장식

합니다. 이처럼 위기 이후에는 새로운 삶이 있을 것입니다.

솔로몬과 삼손의 위기는 긍정적인 '멈춤'입니다. 그 멈춤은 이탈리아어로 '베네세레benessere'라고 하는 세속적인 생각, 자기중심적인 자기만족으로부터 우리를 끌어내기 때문입니다. 방종한 삶은 불임의 원인입니다. 오늘날 많은 서구 국가가 겪고 있는 인구통계학적 위기는 이기적인 행복에 만족하는 문화의 결과입니다. '베네세레'의 사전적 의미는 '안녕'으로, 바람직한 단어처럼 들리는데, 이 단어가 우리가 어떻게든 벗어나야 할 상태를 뜻하는 이유가 이해되지 않는 사람도 많을 것입니다. 그러나 그 이유에 대한 깨달음이 우리가 솔로몬과 삼손의 운명에서 얻을 수 있는 주된 교훈 중 하나입니다.

모든 것이 '멈춘' 시대에

분명히 드러난 것은 변화의 필요성입니다.

우리가 섬겨온 우상들,

우리가 삶의 기준으로 삼으려 했던 이데올로기들,

우리가 도외시한 관계에서

변화가 있어야 합니다.

나를
변화시킨
세 번의 코로나

나는 지금까지 살며 개인적으로 '코로나'와 같은 위기를 세 번 겪었습니다. 질병, 독일에서의 경험, 그리고 아르헨티나 코르도바에서의 생활입니다.

나는 스물한 살에 깊은 병에 걸려 처음으로 한계와 고통과 외로움을 처절하게 경험했습니다. 그 결과 삶을 보는 시야가 달라졌습니다. 수개월 동안 내가 누구이고, 살아남을지 죽을지조차 알 수 없었습니다. 의사들도 내가 병을 이겨낼지 어떨지를 몰랐습니다. 어머니를 껴안으며 "제가 살날이 얼마 남지 않았다면 사실대로 이야기해주세요"라고 말했던 기억이 지금도 생생합니다. 당시 나는 부에노스 아이레스 교구 신학교에서 2년째 사제 수업을 받고 있었습니다.

지금도 그날을 기억합니다. 1957년 8월 13일이었습니다. 내 병이 아스피린으로 치료할 수 있는 단순한 독감이 아니라고 판단했던지 학생부장이 나를 병원으로 데려갔습니다. 곧바로 의사들은 내 폐에서 물을 1.5리터 정도 빼냈고, 나는 살아남기 위한 사투를 벌였습니다. 그해 11월에는 한쪽 폐의 오른쪽 윗부분을 떼어내는 수술을 받았습니다. 그래서 코로나19에 걸린 사람들이 산소호흡기의 도움을 받아 호흡할 때 어떤 기분인지 대략 짐작할 수 있습니다.

특히 두 명의 간호사가 내 기억에 아직도 뚜렷합니다. 한 간호사는 병동 수간호사로, 부에노스아이레스에 파송되기 전에 아테네에서 교사로 봉사한 도미니크회 수녀였습니다. 나중에야 알았지만, 의사가 첫 검진을 하고 떠난 후에 그녀는 간호사들에게 기본적으로 페니실린과 스트렙토마이신이라는 약물을 의사의 처방보다 두 배가량 나에게 투여하라고 했습니다. 경험적으로 그녀는 내가 죽어가고 있다는 걸 알았던 것입니다. 하지만 결국 그 수간호사, 코르넬리아 카랄리오 자매가 내 목숨을 살렸습니다. 많은 병자들을 돌봐왔던 그녀는 병자들에게 필요한 것을 의사보다 더 잘 알고 있었고, 자신이 경험을 통해 얻은 지식에 따라 행동하는 용기까지 있었습니다.

또 다른 간호사, 미켈라도 마찬가지였습니다. 내가 격심한 고통에 시달릴 때 미켈라는 진통제를 추가로 몰래 주사해주었습니다. 코르넬리아 수녀와 미켈라 수녀는 지금 천국에 있습니다. 그러나 나는 앞으로도 그들에게 많은 것을 빚질 것입니다. 그들은 내가 완전히 회복하는 순간까지 나를 위해 싸워주었습니다. 그들은 과학을 어떻게 이용해야 하며, 특정한 요구를 충족하기 위해 과학적 지식을 넘어서야 할 때가 있다는 걸 나에게 가르쳐주었습니다.

그때의 경험으로 나는 값싼 위로를 피하는 게 중요하다는 교훈도 얻었습니다. 당시 많은 사람이 병문안을 이유로 찾아와, 나에게 앞으로 괜찮아질 거라고, 지금은 아프고 고통스럽지만 다시 그렇게 아프지 않을 거라고 이야기했습니다. 그들의 의도는 좋았지만 내 마음에는 결코 와닿지 않는 멍청하고 공허한 말이었습니다. 침묵 끝에 짧은 한마디로 나에게 가장 깊은 감동을 준 사람은 내 삶에 큰 족적을 남긴 여인들 중 한 분인 마리아 돌로레스 토르톨로 수녀였습니다. 나를 어렸을 때부터 가르쳤고, 나의 첫 영성체를 준비해주신 분이었습니다. 마리아 수녀는 나를 찾아와서는 내 손을 잡고 입맞춤했습니다. 그러고는 한참 동안 아무 말도 하지 않다가 불쑥 "예수님을 닮아가는구나"라고 말했습니다. 더 이상의 말은 필요하지 않았습니다. 그 분이 말없이 옆에 있다는 사실만으로도 나에게는 큰 위안이었습니다.

그 경험 이후로 나는 병자를 방문하면 최대한 말을 아껴야겠다고 생각했습니다. 나는 그저 병자의 손을 잡아줄 따름입니다.

그 중대한 질병을 이겨내는 과정에서 나는 다른 사람들의 친절과 지혜에 의지하는 방법을 배웠습니다. 동료 신학생들은 나를 위해 헌혈을 주저하지 않았고, 내 옆에 있어 주었습니다. 특히 한 동료 신학생은 그 힘든 상황에서도 밤이면 내 침대 옆을 지켜주었습니다. 여러분에게도 그처럼 잊지 못할 순간들이 있을 겁니다. 그 '코로나'를 견뎌낸 후에 내가 어떻게 되었을까요? 그렇습니다. 더 나아졌고, 더 현실적이 되었습니다. 나의 소명을 다시 생각하는 여유도 생겼습니다. 나의 소명이 수도생활에 있다고 확신한 뒤였기 때문에 살레지오회와 도미니크회, 예수회에 대해 생각하기 시작했습니다. 신학교에서는 가장 먼저 예수회 사제들을 만났습니다. 예수회가 그 신학교를 운영했으니까요. 나는 예수회의 선교 헌신에 깊은 감명을 받았습니다. 폐 수술 이후 요양을 위해 신학교를 잠시 떠난 덕분에 나는 어디에도 구속받지 않고 모든 것을 깊이 생각할 수 있는 시간과 평온을 얻었습니다. 그리고 예수회에 입회하기로 최종적인 결론을 내렸습니다.

1986년 내가 독일에서 보낸 시간에 굳이 이름을 붙인다면 '일탈의 코로나'라고 할 수 있을 듯합니다. 독일어 실력을 향상시키고 학위 논문의 자료를 구하기 위해 독일을 선택한 것이기 때문에 자발적인 고향 탈출이었지만, 그곳에서 나는 둥근 구멍에 끼워진 네모난 말뚝이 된 듯한 기분이었습니다. 나는 프랑크푸르트의 공동묘지를 자주 찾아가, 그곳에서 비행기가 착륙하고 이륙하는 걸 지켜보며 고향을 그리워했습니다. 1986년 아르헨티나가 월드컵에서 우승했던 날이 아직도 기억에 생생합니다. 경기 중계를 보지 못한 탓에 이튿날 신문을 보고서야 아르헨티나가 우승했다는 걸 알았습니다. 그날 나는 독일어 강의실에 들어갔습니다. 아무도 월드컵에 대해 언급하지 않았습니다. 그런데 일본 여학생이 벌떡 일어나더니 칠판에 '비바 아르헨티나'라고 썼고, 모두가 기분 좋게 웃음을 터뜨렸습니다. 하지만 독일어 선생이 교실에 들어와서는 일본 학생에게 그 글을 지우라고 말했습니다(1986년 월드컵에서 아르헨티나가 독일을 3:2로 꺾고 우승했다-옮긴이). 그것으로 끝이었습니다.

다른 사람들과 공유할 수 없는 승리의 외로움이었습니다. 소속된 곳이 없고, 균형점을 잃은 듯한 외로움이었습니다. 본래 있어야 할 곳에서 떨어져 나와 아무도 모르는 곳으로 보내지면, 그때서야 우리는 떠나온 곳에서 정말 중요한 것이 무엇인지 알게 됩니다.

때로는 일탈이 치유나 급격한 발전의 원인이 될 수 있습니다. 내가 세 번째로 겪은 '코로나'가 그랬습니다. 나는

1990년부터 1992년까지 아르헨티나 코르도바에서 지냈습니다. 처음에는 관구장으로서, 다음에는 수도원 원장으로서 리더십을 행사했습니다. 나는 그런대로 잘 해냈다고 확신하지만, 내가 무척 가혹했을 수 있습니다. 그래도 코르도바에서 일하며 나는 많은 보람을 얻었습니다.[5]

코르도바의 예수회 거주지에서 정확히 1년 10개월 13일을 보냈습니다. 나는 미사를 집전했고, 고해성사를 들었으며, 영적인 방향을 제시했지만, 우체국에 가는 경우를 제외하고는 집에서 거의 나오지 않았습니다. 일종의 자체 봉쇄였고, 요즘 많은 사람이 행하는 자가격리였습니다. 그런 자가격리는 나에게 많은 도움이 되었습니다. 많은 글을 쓸 수 있었고, 기도도 마음껏 할 수 있었으니까요.

코르도바에 보내지기 전까지 처음에는 수련장으로, 그 후로 내가 관구장으로 임명받은 1973년부터 신학교 원장의 임기를 끝낸 1986년까지, 나는 리더 역할을 한다며 예수회가 지시한 대로 살았을 뿐입니다. 게다가 나는 그런 삶의 방식에 안주한 상태였습니다. 하지만 정해진 틀에서 벗어나는 순간, 마치 축구장에서 끌려나와 벤치에 앉게 되는 것처럼 모든 것이 뒤바뀝니다. 습관과 반사행동, 시간이 지남에 따라 구체화되는 삶의 기준점들이 뒤집힙니다. 따라서 삶을 사는 법을 다시 배워야 하고, 마음가짐을 새롭게 다져야 합니다.

지금 돌이켜보면, 나는 특히 세 가지가 가장 놀랍습니다. 첫째는 나에게 주어진 기도 능력이고, 둘째는 내가 경험한 유혹들입니다. 마지막 세 번째가 가장 기묘한 것으로, 무려 37권이나 되는 루트비히 파스토어의《교황의 역사》를 읽게 된 이유입니다. 소설이나 더 재밌는 책을 읽을 수도 있었습니다. 그러나 지금 내가 있는 위치에서 보면, 하느님께서 나에게 그 역사책을 읽도록 자극했던 이유를 따져보지 않을 수 없습니다. 주님이 나에게 일종의 백신을 접종하신 것 같았습니다. 나에게는 무척 유익한 책이었습니다.

코르도바에서 겪은 '코로나19'는 진정한 정화였습니다. 그 시기를 겪으며 나는 더 너그러워졌고, 더 큰 깨달음을 얻었습니다. 용서하는 힘과 무력한 사람들을 향한 연민도 더 커졌습니다. 인내심도 배웠습니다. 중요한 것에는 시간이 필요하고, 변화는 유기적이며, 어떤 것에나 한계가 있기 때문에 예수님이 그랬듯이 우리도 눈은 저 멀리에 두더라도 한계 내에서 일해야 한다는 걸 이해하는 은사가 바로 인내심입니다. 나는 작은 것에서 큰 것을 보는 중요성, 큰 것에서도 작은 것에 관심을 두는 중요성을 배웠습니다. 코르도바에서 보낸 시간은 나에게 많은 면에서 성장의 시기였고, 그 성장은 혹독한 가지치기가 있은 후에 일어나는 새로운 종류의 성장이었습니다.

그러나 나는 지금도 경계심을 늦추지 않습니다. 우리가 어떤 잘못, 예컨대 특정한 형태의 죄를 습관적으로 범하다가 스스로 바로잡으면, 예수님이 말씀하셨듯이 악령이 와서는 "그 집에 가서 그 집이 말끔히 치워지고 정돈되어 있는 것"을 보고는 더 악한 일곱 악령을 보내기 때문입니다.[루카 복음서 11장 25절] 그래서 예수님도 "그 사람의 끝이 처음보다 더 나빠진다"라고 말씀하지 않았습니까. 따라서 교회를 관리하는 책임자로서 나는 이런 결과가 닥치지 않도록 대비해야 합니다. 지금도 나는 한때 책임자였을 때 범했던 잘못을 되풀이하지 않으려고 조심하고 또 조심합니다.

이 '또 한 번의 유혹'은 점잖은 악령의 특기입니다. 그 점잖은 악령은 자기보다 더 악한 일곱 악령을 보내고, 그 악령들은 "그 집에 들어가 자리를 잡습니다." 달리 말하면, 우리가 그 악령들을 들어오게 하는 것입니다. 악령들은 초인종을 누르고 예의 바르게 "죄송합니다. 들어가도 될까요?"라고 말합니다. 그러나 일단 집에 들어오면 그 집을 장악합니다. 결국 예수님이 이 구절들에서 우리에게 가르쳐주려 한 것은 빛의 천사로 변장한 악령의 유혹입니다.[6]

악령이 유혹의 형태로 되돌아온다는 이야기는 교회의 오랜 전통입니다. 예컨대 안토니우스 성인의 유혹이나, 하늘나라에 올라갈 수 있기를 기대하며 자신을 감싸고 있는 악령을 성수로 쫓아내주기를 바랐던 리지외의 성녀 데레사를 생각해보십시오. 내 나이에는 특별한 안경이 있어야 합니다. 그래야 종국에 하늘나라에 올라갈 수 있기를 기대할 때 내 주변에 기웃대는 악령을 볼 수 있을 테니까요. 내가 이제 삶의 끝자락에 있기 때문입니다.

지금까지 내가 개인적으로 경험한 위기에 대해 이야기

했습니다. 그 위기를 통해 내가 배운 것이 있다면, 위기 상황에서 많은 고통을 받겠지만 그 고통을 변화의 기회로 삼는다면 위기가 지나간 후에 더 나은 사람으로 거듭날 수 있다는 것입니다. 그러나 위기를 외면하고 숨어버리면, 위기가 지나간 후에 상황은 더 나빠질 뿐입니다.

'우리'를 위한 새로운 휴머니즘

안타깝게도 요즘 이런 외면이 자주 눈에 띕니다. 특히 기존의 행동 방식에 가장 많이 투자한 사람들이 그렇게 행동합니다. 리더들은 여기저기에서 변화를 도모해야 한다고 말하지만, 기본적으로는 예전과 똑같은 시스템을 고집하고 있을 뿐입니다. 리더들은 '회복'을 말하지만, 미래에 약간의 광택제를 칠하고, 여기저기에 보기 좋은 색을 입히자는 것에 불과합니다. 결국 아무것도 바꾸지 않겠다는 것입니다. 이런 외면은 결국 거대한 사회적 폭발을 초래할 수 있는 실패로 이어질 것입니다.

2008년 금융위기가 닥쳤을 때 비슷한 사태가 일어났습니다. 그 당시 많은 정부가 은행과 금융 시장을 구원하는 데 수십억 달러를 썼고, 일반 국민들은 그 후로 10년 가까이 내핍을 견뎌야 했습니다. 이번에는 똑같은 실수를 반복할 수 없습니다. 생명과 금융 시스템, 둘 중 하나를 구해야 한다면, 우리는 무엇을 선택해야 할까요? 지금 세계 경제가 불경기를 향해 가고 있다면, 경제를 사람과 피조물의 요구에 맞추어야 할까요, 현상을 유지하기 위해 사람과 피조물을 계속 희생시켜야 할까요?

나에게 묻는다면, 이 질문의 답은 명확합니다. 모두가 품위 있는 삶을 사는 동시에 자연계를 보호하고 회생시킬 수 있는 방향으로 경제 시스템을 재설계해야 합니다.

다행히 근원적인 변화를 촉구하는 운동이 곳곳에서 벌어지고 있습니다. 여기에서 나는 희망의 불씨를 봅니다. 뿌리부터 시작되는 변화, 사람들의 구체적인 요구로 시작되는 변화, 인간의 존엄과 자유를 근간에 둔 변화, 우리에게는 이런 근원적 변화가 필요합니다. 함께 모여 조직을 결성하고, 진정으로 인간적인 제안을 생각해낼 수 있는 사람들로부터 시작되는 변화가 필요합니다.

느헤미야서가 머릿속에 떠오릅니다. 느헤미야는 예루

살렘을 재건하라는 부름을 받았다고 느끼고, 이스라엘 백성을 설득합니다. 성벽을 재건하는 걸 방해하는 사람들, 심지어 전쟁까지 벌이려는 사람들이 있었지만, 이스라엘 백성들은 성벽을 쌓아갑니다. 4장에는 그들이 성벽을 쌓는 사람들과, 그들을 보호하는 역할을 맡은 사람들로 나뉘었고, "각각 한 손으로 일을 하며 한 손에는 병기를 잡았다"라고 설명하는 구절이 있습니다.[느헤미야서 4장 17절] 그들은 미래가 과거의 비극에 매몰되는 걸 막아야 한다는 걸 알았던 것입니다.

느헤미야서에서 처음 여덟 장은 지금의 우리에게도 많은 빛을 던져주는 듯합니다. 가난한 사람들을 위해 투쟁하고, 사람의 품위를 되살리며, 시작한 일을 끝까지 완료하는 기쁨을 누리라고 말합니다. 회복되어야 하는 모세의 율법서를 들으며 이스라엘 백성들은 눈가에 눈물이 맺힐 정도로 기뻐합니다. 모임이 끝날 때쯤 느헤미야는 백성들에게 집에 가서 맛있는 음식을 먹고 단 술을 마시라고 말합니다. 또 "주님께서 베푸시는 기쁨이 바로 여러분의 힘이니, 서러워하지들 마십시오"라고 덧붙입니다.[느헤미야서 8장

10절] 그 기쁨이 우리에게 앞으로 전진하게 해주는 힘을 줍니다.

오늘날 사람들에게는 기쁨이 부족합니다. 어떤 쾌락이나 오락으로도 달랠 수 없는 슬픔이 있습니다. 적잖은 사람이 극도로 비참한 빈곤으로 고통받고 있는데, 우리가 어떻게 기뻐할 수 있겠습니까? 그러나 다행스럽게도 각성의 목소리, 변화를 촉구하는 목소리가 들립니다. 과거의 모든 것이 반드시 미래까지 계승될 필요는 없다는 뜻입니다. 주님이 베푸시는 기쁨이 변화를 요구하는 사람들의 힘입니다. 그러나 먹고 마시며 새로운 삶의 방식을 구가하기 전에 지나야 할 길이 있다는 걸 그들은 알고 있습니다.

오늘날 개인과 기관은 정형화된 틀에 빠지지 않도록 조심해야 합니다. 그런 습관적 관례가 코로나19를 비롯한 온갖 위기로 이어지기 때문입니다. 요즘 개인주의는 극단으로 치닫고 기관의 힘은 허약하기 이를 데 없습니다. 게다가 경제는 소수의 의해 좌지우지됩니다. 내가 보기에는 무엇보다 기관의 힘을 강화해야 할 절박한 필요성이 있습니다. 기관은 사회를 향한 사랑과 도덕심의 중요한 저장고

이기 때문입니다.

모든 제도적 기관 중에서 가정이 가장 큰 타격을 입었습니다. 가정은 '제1사회'로서의 사회적 정체성을 상실했거나, 적어도 그런 정체성이 흐릿해졌습니다. 가정은 개인이 구성원으로 안전을 보장받는 동시에 책임과 권리를 행사하는 기관입니다. 가정이 약화되면, 우리 모두가 의존하는 소속감이란 연대도 숙명적으로 약해집니다. 젊은층과 노년층이 서로를 멀리하는 비극에서 이런 현상이 목격됩니다. 이것은 나의 직관이지만, 우리가 젊은층과 노년층 모두에게 관심을 기울이고, 외부자의 시각에서 그들을 하나로 화합하면, 놀라운 일이 벌어질 것이라고 나는 오래전부터 확신해왔습니다.

개인주의의 심화는 결국 국가의 약화로 이어지기 마련입니다. 역사가 증명하듯이, 국민이 공익과 공동선이란 의식을 상실하면 무질서나 권위주의 혹은 둘 모두만이 남게 됩니다. 따라서 폭력적이고 불안정한 사회를 피할 수 없습니다. 지금 우리는 이미 그런 지경에 있습니다. 매년 남북아메리카 대륙에서 총기 폭력으로 사망하는 사람의 수를 생각해보십시오. 더구나 미국에서는 코로나19가 발생한 이후로 총기 판매가 모든 기록을 깨뜨렸다고 합니다.

개인의 이익을 추구하는 '나'를 초월하는 '우리', 즉 가족과 기관과 사회의 '우리'가 없다면, 삶은 급속히 균열되고 폭력적으로 변할 것입니다. 파벌들과 이익단체들이 우열을 다툴 것입니다. 국가가 사회의 안정을 위해 더 이상 폭력을 다스리지 못하는 지경에 이르면, 결국 국가의 이익을 지키기 위해 폭력을 조장할 수 있습니다.

아직은 우리가 그 지경에 빠지지는 않았습니다. 이번 위기로 말미암아, 우리가 서로에게 필요한 존재이고, 사회를 재건하려는 사람들이 여전히 존재한다는 사실을 깨닫게 되었습니다. 지금은 새로운 느헤미야 프로젝트를 시행할 시간입니다. 곳곳에서 폭발적으로 피어나는 형제애를 이용해, 개인주의의 심화와 무관심을 종식시킬 수 있는 새로운 휴머니즘을 시도하기에 좋은 때입니다. 아울러 우리가 서로에게 필요하고, 우리에게는 아직 태어나지 않은 사람만이 아니라 아직 시민으로 여겨지지 않는 어린아이까지 포함해 타인에 대한 책임이 있다는 것도 인식해야 합니다.

우리는 중요한 것을 더 잘 선택하는 방향으로 함께 살아가는 방법을 수정할 수 있습니다. 그 목표를 성취하기 위해 머리를 함께 맞댈 수도 있습니다. 그럼 무엇이 우리를 더 나은 미래로 인도하고, 무엇이 우리의 발목을 잡는지 알 수 있을 것입니다. 어느 쪽이든 선택권은 우리에게 있습니다.

여기에서 나는 희망의 불씨를 봅니다.

뿌리로부터 시작되는 변화,

사람들의 구체적인 요구로 시작되는 변화,

인간의 존엄과 자유를 근간에 둔 변화,

우리에게는 이런 근원적 변화가 필요합니다.

2
부

선택할 시간

우리가 하느님에게 사랑받은 사람이고,

섬기고 연대하라는 부름을 받은 사람이라는 걸

먼저 알아야 합니다.

무엇보다 기도하며 성령의 목소리를 들어야 하며,

우리를 공동체원으로 묶어주고 꿈꾸게 해주는

대화를 장려할 필요가 있습니다.

그렇게 무장할 때 우리는 시대의 징후를

정확히 읽고, 우리 모두에게 이익이 되는 길을

선택할 수 있을 것입니다.

가치를 회복해야 할 시간

가까이 다가가서 눈에 보이는 것을 직시하며 공감하는 첫 단계와, 치유하고 바로잡기 위해 구체적으로 행동해야 하는 세 번째 단계 사이에는 필수적인 중간 단계로 분별하고 선택하는 단계가 있기 마련입니다. 시련의 시기는 미래로 향하는 선한 사람들의 길과, 어디로도 이어지지 않거나 오히려 후퇴하는 길을 구분하는 시기이기도 합니다. 명철하게 통찰할 때 우리는 선한 길을 선택할 수 있습니다.

이 두 번째 단계에서는 현실 세계를 향한 열린 자세만이 아니라, 우리에게 방향을 제시해줄 확실한 기준도 필요합니다. 예컨대 우리가 하느님에게 사랑받은 사람이고, 섬기고 연대하라는 부름을 받은 사람이라는 걸 먼저 알아야 합니다. 또한 우리에게는 조용히 사색하는 건강한 마음가짐과, 성급하게 다그치는 독촉에서 피신할 수 있는 공간도 필요합니다. 무엇보다 기도하며 성령의 목소리를 들어야 하며, 우리를 공동체원으로 묶어주고 꿈꾸게 해주는 대화를 장려할 필요가 있습니다. 그렇게 무장할 때 우리는 시대의 징후를 정확히 읽고, 우리 모두에게 이익이 되는 길을 선택할 수 있을 것입니다.

아르헨티나의 가우초(남미의 대평원에서 유목생활을 하는 목동-옮긴이)와 미국의 카우보이에게는 "강 한가운데에서는 말을 갈아타지 마라"라는 똑같은 속담이 있습니다. 시련의 시기에는 굳은 신념이 필요하고, 중요한 것에 집중해야 한다는 뜻입니다. 또 위기는 거의 언제나 자기 망각의 결과이므로 좋은 결과를 얻으려면 우리의 뿌리를 잊지 않아야 합니다.

지금은 가치를 회복해야 할 시간입니다. 상징적인 의미가 아니라 본래의 의미에서 진정으로 가치 있는 것으로 되돌아가야 할 시간입니다. 삶과 자연, 인간의 존엄, 일과 인간관계, 이 모든 것이 인간의 삶에서 중요해서 돈으로 매매될 수 없고 희생할 수도 없는 가치들입니다. 사람들이 '협상 불가능한 가치'에 대해 언급할 때마다 나는 등골이 오싹합니다. 모든 진정한 가치, 인간의 가치는 협상 불가능한 것입니다. 내 손가락이 다른 사람들의 손가락보다 더 가치 있다고 내가 감히 말할 수 있을까요? 가치 있는 것의 '가치'는 그 자체로 협상할 수 없는 것입니다.

예수님은 하느님 나라의 구조를 압축해 요약한 일련의 핵심어들을 우리에게 알려주었는데, 이것이 바로 '진복팔단'(마태오 복음서 5장 3절 이하의 예수님이 산상 설교에서 한 행복 선언의 내용을 이르는 말-옮긴이)입니다. 진복팔단, 즉 참행복은 가난한 사람들도 충만한 삶, 평화와 형제애, 공정과 정의를 누릴 수 있을 거라는 기대감으로 시작됩니다. 이런 세계에서 가치는 협상될 수 없는 신성불가침한 것입니다. 교회는 우리가 현대 세계를 살아가는 방식에 대응해 하느님 나라를 되돌아보며, 일련의 성찰 원칙만이 아니라, 행동 지침이 포함된 판단 기준까지 마련했습니다. 이른바 '가톨릭 사회교리Catholic Social Teaching'로 알려진 것입니다.

이 원칙은 복음서에 대한 성찰에서 나온 것이지만, 누구나 쉽게 이해할 수 있도록 '기쁜 소식'을 현 시점에서 재해석하며 널리 알리는 데 초점을 맞추었습니다.

이 판단 기준은 그야말로 사랑의 표현입니다. 다시 말하면, 이 기준은 사람들, 특히 가난한 사람들이 사랑받는다고 느끼게 해줄 수 있는 것들을 구체화하는 데 초점을 맞추고 있습니다. 가난한 사람들이 진정한 가치를 경험할 수 있도록 말입니다. 가톨릭 교회가 '가난한 이들을 위한 우선적 선택'을 말하는 이유는 우리가 어떤 결정을 내리든 그 결정이 가난한 사람들에게 영향을 줄 수 있다는 걸 항상 염두에 두어야 한다는 뜻입니다. 이는 가난한 사람들을 우리 생각의 중심에 두어야 한다는 뜻이기도 합니다. 이런 우선적 선택을 통해 주님은 가치에 대한 새로운 관점을 판단 기준으로 우리에게 알려주십니다.

교회는 '공동선'에 대해서도 말합니다. 이는 사회 전체의 이익을 고려하라는 뜻입니다. 여러 이해 당사자를 두고 판단하거나, 과반수의 이익이 다른 모든 관심사를 앞서는 것처럼 최대 다수의 최대 행복을 기준으로 생각하는 것만으로는 충분하지 않습니다. 공동선은 우리 모두가 공유하는 이익입니다. 국민 전체의 이익이고, 우리가 공동으로 향유하는 이익이며, 우리 모두를 위해 존재해야 하는 이익입니다. 결국 우리가 공동선에 투자한다는 것은 모두에게 이익이 되는 것을 확장한다는 뜻입니다.

사회적 가르침에서 언급하는 또 하나의 원칙은 '재화의 보편적 목적'입니다. 하느님은 지상의 재화가 모두를 위한 것이어야 한다고 가르치십니다. 사유 재산은 권리이지만, 그 재산을 사용하고 규제할 때는 이 핵심 원칙을 염두에 두어야 합니다. 삶에 필요한 재화, 즉 땅과 주택과 일은 모두에게 허용되어야 합니다. 이 원칙은 이타주의나 호의가 아니라, 사랑이 요구하는 것입니다. 초기 교부들이 분명히 말씀하셨듯이, 가난한 사람들에게 주는 것은 원래 그들의 것이었던 것을 돌려주는 것에 불과합니다. 하느님께서 지상의 모든 재화를 만드실 때, 한 사람도 배제하지 않고 모두를 위해 만드셨기 때문입니다.

'가톨릭 사회교리'의 다른 두 가지 원칙인 '연대성'과 '보조성'도 여기에서 중요합니다. 연대성은 우리가 서로 연결된 존재임을 인정하는 것입니다. 우리는 관계망 속에 있는 피조물이고, 서로에 대한 의무가 있으며, 모두가 사회 구성원으로 참여해야 합니다. 달리 말하면, 낯선 사람을 따뜻하게 맞아들이고, 죄를 용서하고, 장애가 있는 사람들에게 가정을 꾸려주어야 한다는 뜻입니다. 또 더 나은 삶을 꿈꾸는 다른 사람들의 소망을 우리 자신의 소망으로 삼을 수 있어야 한다는 뜻이기도 합니다. 그러나 연대성의 개념이 왜곡되지 않기 위해서는 보조성이 더해져야 합니다. 보조성은 자기 운명의 주체로서 타인의 자주성을 인정하고 존중한다는 뜻을 함축하고 있기 때문입니다. 가난한 사람들은 우리가 선의를 베풀어야 할 대상이 아닙니다. 그들 자신이 변화의 주체입니다. 우리는 가난한 사람들을 위해서, 또 그들과 함께 행동해야 합니다. 교황 베네딕토 16세께서 2007년 후반기의 회칙 '하느님은 사랑이시다'에서 그렇게 분명히 설명하시지 않았습니까.

어떻게 하면 이 고결하지만 추상적인 기준을 우리의 크고 작은 선택에 적용할 수 있을까요? 이를 위해 필요한 것이 '영의 식별discernment of spirits'이라고 알려진 성찰과 기도입니다. '식별discernment'은 우리의 결정과 행동에 대해 충분히 생각한다는 뜻입니다. 이때 합리적으로 계산하는 데 그치지 않고 기도를 통해 성령의 목소리를 귀담아들으며, 하느님의 동기와 초대와 의지를 알아내야 합니다. 이 시대에 기억해둘 만한 원칙이 하나 있습니다. 아이디어는 토론되어야 하지만, 현실은 '식별'되어야 한다는 것입니다.

조급한 성격을 띠고, 모든 문제에는 기술적 해결 방안이 있어야 한다고 생각하는 사람들에게는 식별 과정이 힘들고 어렵게 느껴질 겁니다. 하지만 모든 문제가 올바른 스위치를 찾아내면 끝나는 기계적인 문제는 아닙니다. 물론 종교인들 중에도 '식별'로 고생하는 사람이 많습니다. 특히 불확실한 것을 몹시 싫어하며, 모든 것을 흑백으로 환원하려는 사람들이 그렇습니다. 이데올로그와 근본주의자, 경직된 사고방식에 억눌린 사람들은 식별이 거의 불가능합니다. 그러나 우리가 더 나은 미래를 만들고자 한다면 식별은 반드시 필요합니다.

지금은 가치를 회복해야 할 시간입니다.

상징적인 의미가 아니라

본래의 의미에서 진정으로 가치 있는 것으로

되돌아가야 할 시간입니다.

진리는
그것을 보려는
사람 앞에만
드러납니다

코로나 바이러스로 인해, 이미 진행 중이던 시대의 변화 속도가 더욱 빨라졌습니다. 여기서 내가 말한 '시대의 변화'란 단순히 시대가 바뀌고 있다는 의미가 아닙니다. 나는 지금이 변화의 시대라는 뜻으로만 '시대의 변화'라는 표현을 사용한 게 아닙니다. 우리가 과거에 이 세상을 향해 하며 사용했던 구분과 추정이 더는 유효하지 않습니다. 전에는 상상하지 못했던 일들이 일어났고, 그 결과 지금 우리는 환경 붕괴, 전 지구적 팬데믹, 되살아난 포퓰리즘을 겪고 있습니다. 또 한때 정상적이라고 생각했던 것들이 점차 비정상적인 것으로 바뀌어갈 것입니다. 과거의 삶으로 되돌아갈 수 있으리라는 생각은 환상이 되고, 복원을 위한 시도는 언제나 우리를 막다른 골목으로 내몰 것입니다.

이처럼 불확실한 세계에서 이데올로기와 엄밀한 사고방식에는 우리를 강력히 유혹하는 매력이 있습니다. 근본주의는 생각과 행동을 일치시킴으로써 위기로부터 우리를 구해내겠다는 운동입니다. 근본주의자들은 불안정한 상황으로부터 우리를 지켜주는 대가로 존재론적 정적주의existential quietism를 선택하게 합니다. 근본주의자들은 우리를 진실로 안내하는 사고법의 대안으로 하나의 태도와 하나의 폐쇄적인 사고방식을 제시합니다. 따라서 근본주의에서 피신처를 구하는 사람은 진실로 향하는 길에 들어서는 걸 두려워합니다. 그는 이미 진실을 '갖고' 있다고 생각하며, 그 생각을 방어막으로 사용합니다. 따라서 그 생각에 의문을 제기하면, 그것을 자신의 인격에 대한 공격으로 받아들입니다.

한편 식별이 가능하면 우리는 변화무쌍한 환경이나 특정한 상황에서도 진리를 구할 수 있습니다. 진리는 마음을 열고 진리를 보려는 사람에게 드러납니다. 고대 그리스에서 진리를 가리키던 단어인 '알레테이아aletheia'가 바로 그런 뜻으로, '스스로 드러나는 것', '덮개가 벗겨지는 것'을 의미합니다. 한편 히브리어 각투사인 '에메트emet'는 진리를 확실한 것, 확고한 것, 기만하지도 실망시키지도 않는 것, 즉 충실한 것과 관련짓습니다. 따라서 진리에는 두 가지 요소가 있습니다. 사물과 사람이 각자의 본질을 드러내 보일 때 우리는 그것에서 확실하게 진실된 면을 보고, 신뢰할 만한 증거를 근거로 그것을 믿게 됩니다. 이런 확실한 증거에 마음의 문을 열려면 겸손하게 생각하며, 선하고 진실하며 아름다운 것과 조용히 만나기 위한 여지를 남겨두어야 합니다.

나는 이렇게 생각하는 방법을 로마노 과르디니(독일의 가톨릭 사제이자 신학자, 종교철학자-옮긴이)에게 배웠습니다. 그가 생각하는 방법은 나에게 큰 영향을 주었습니다. 특히 그의 저서《주님》에서 과르디니는 '엘 판사미엔토 인콤플레토el pensamiento incompleto(미완성인 생각)'의 중요성을 나에게 가르쳐주었습니다. 그는 어떤 생각을 끝없이 전개하다가 멈추고는 우리에게 관상觀想하는 여유를 줍니다. 그는 독자에게 진리를 직접 만나는 공간을 마련해줍니다.

요컨대 유익한 생각은 항상 미완성이어야 합니다. 그래야 그 이후의 결과가 가능할 수 있으니까요. 과르디니를 읽으며 나는 모든 것에서 절대적으로 확실한 것을 요구하지 않아야 한다는 걸 배웠습니다. 그의 가르침에 따르면, 절대적으로 확실한 것을 요구한다는 것은 불안에 사로잡힌 영혼이란 증거입니다. 그에게 배운 지혜 덕분에 나는 규범만으로 해결될 수 없는 복잡한 문제들 앞에서도 주눅들지 않고, 갈등에 휘말리지 않고서 그 갈등을 해결하는 방법을 시도할 수 있었습니다.

과르디니가 제시한 사고법은 우리를 성령에게 안내하고, 영의 식별을 가능하게 해줍니다. 무엇보다 마음을 열지 않으면 식별할 수 없습니다. 이것이 내가 도덕주의와 같이 규정과 방정식과 법규로 모든 문제를 해결하려는 '-주의'를 싫어하는 이유입니다. 과르디니처럼 나도 객관적 진리와 견고한 원칙의 가능성을 믿습니다. 나는 교회 전통의 견고함에 감사합니다. 오래전부터 인류의 목자로서 '이해를 구하는 신앙'을 추구한 결실에도 감사합니다. 내가 2019년 10월에 성인으로 시성한 존 헨리 뉴먼(영국 성공회에서 가톨릭으로 개종한 영국 출신의 가톨릭 사제이자 신학자-옮긴이)이 말했던 것처럼, 나도 진리가 항상 우리 너머에, 우리 밖에 있지만, 우리 양심을 통해 우리에게 손짓한다고 생각합니다. 그가 《동의의 문법》에서 썼듯이, 진리는 이성을 통해서는 정상적으로 다가갈 수 없고, "상상을 통해, 직접적인 인상의 도움을 받아, 사실과 사건의 증언으로, 역사와 서술을 통해" 다가갈 수 있는 "온화한 빛"과 같습니다. 뉴먼은 우리가 처음에는 모순되는 진리로 여겨지는 것을 받아들이며 그 온화한 빛이 우리를 인도할 것이라 믿을 때, 우리 너머에 있는 더 큰 진리를 볼 수 있게 된다고 믿었습니다. 이것은 나도 마찬가지입니다. 진리가 우리를 포용하는 만큼 우리가 진리를 포용하지 않으므로, 진리가 아름다움과 선함의 도움을 받아 끊임없이 우리의 마음을 끌려고 한다는 게 내 생각입니다.

진리에 접근하는 이런 방식은 탈진실의 인식론과 확연히 다릅니다. 탈진실의 인식론은 우리에게 증언의 청취보다 어느 편에 설 것인지 선택하라고 요구하기 때문입니다. 그렇다고 새로운 가능성을 차단하는 고정된 방식으로 생각한다는 뜻은 아닙니다. 여기에도 동의assent와 지속적인 탐색이란 과정이 있기 때문입니다. 가톨릭 교회의 과거 전통이 그랬습니다. 5세기에 레랭의 성 뱅상이 "교회의 믿음은 해가 지남에 따라 강화되고, 시간이 지남에 따라 발전하며, 세월이 지남에 따라 더 깊어진다"라고 명확히 정리했듯이, 시간이 지남에 따라 성령에 다가가는 방법에 대한 교회의 이해와 믿음은 확장되고 공고해졌습니다.[7]

전통은 박물관의 전시물이 아닙니다. 교리는 고정된 것이 아니라, 항상 같은 자리를 지키지만 점점 굵어지고 매번 더 많은 열매를 맺는 나무처럼 성장하고 발전하는 것입니다. 교리란 하느님이 확정적으로 말씀하신 것이라 주장하는 사람들이 있기는 합니다. 이렇게 주장하는 사람들은 자신들이 잘 아는 방법과 형식 이외의 것은 언제나 배척합니다. 따라서 '식별'이란 단어를 들으면, 그 단어는 규칙을 무시하려고 그럴듯하게 포장한 방법이거나 진리를 훼손하고 격하하려는 현대인의 교묘한 술책이라 걱정합니다. '식별'은 교회만큼 오래된 것입니다. 예수님이 제자들에게 자신이 떠난 후에는 "진리의 영께서 너희를 모든 진리 안으로 이끌어주실 것"이라 말한 약속에서 식별은 시작된 것입니다.[요한 복음서 16장 13절] 따라서 진리에 굳건히 뿌리를 두는 것과 더 큰 이해를 위해 마음을 여는 것 사이에는 아무런 모순이 없습니다. 예수님의 말씀이 어느 시대에나 모든 남녀의 마음속에서 끊임없이 울리도록 우리가 복음을 여러 맥락에서 번역할 때, 성령이 항상 우리를 올바른 방향으로 인도하십니다. 이런 이유에서 나는 "전통은 재가 숭배되는 곳이 아니라 불이 보존되는 곳"이라는 오스트리아 작곡가 구스타브 말러의 말을 즐겨 인용합니다.

세대 간의 갈등을 회복한다는 것

성령은 가톨릭 교회에서 '시대의 징표'라 칭하는 것을 통해 우리에게 새로운 것을 보여줍니다. 시대의 징표들을 식별할 때 우리는 변화를 이해할 수 있습니다. 복음의 관점에서 사건이나 추세를 해석하고 그에 대해 기도함으로써 우리는 어떤 운동이나 흐름이 하느님 나라의 가치를 반영하는지 혹은 그 반대인지를 알아낼 수 있습니다.

어느 시대에나 "의로움에 주리고 목마른 사람들"이 있습니다.[마태오 복음서 5장 6절] 그 목소리는 주로 사회의 주변부에서 들려옵니다. 우리가 그런 간절함에서 하느님 성령의 움직임을 식별하면, 우리는 생각과 행동에서 그 움직임에 마음을 열고, 진복팔단의 정신에 따라 새로운 미래를 만들어갈 것입니다.

우리 시대의 서글픈 징표 중 하나는 노인들을 배척하고 소외시키는 것입니다. 코로나19로 인한 사망자 중 상당수가 요양원에서 지내던 노인들이었습니다. 그들은 나이 때문에도 취약했지만, 대다수가 열악한 가정 환경 때문에 질병으로부터 취약할 수밖에 없었습니다. 그들의 부양자가 가난한 임금 노동자인 탓에 그 노인들은 금전적인 지원을 제대로 받지 못하고 방치되는 경우가 많았습니다. 나는 부에노스아이레스에서 지낼 때 요양원을 자주 방문했습니다. 간병인들은 많은 어려움에도 불구하고 각자의 역할을 놀랍도록 해내고 있었습니다. 언젠가 간병인들에게 6개월 이상 한 명의 친척도 방문하지 않는 노인들이 많다는 말을 들었던 기억이 아직도 새롭습니다. 노인들을 방치하는 것은 큰 죄입니다.

성경에서는 노인이 우리의 뿌리, 우리의 근원이고, 우리를 지탱해주는 것이라 말합니다. 예언자 요엘은 하느님이 성령을 만민에서 부어주며 그들을 새롭게 태어나게 할 것이라는 약속을 듣습니다. "너희의 아들과 딸은 예언을 하리라. 늙은이들은 꿈을 꾸고, 젊은이들은 환상을 보리라."[요엘서 2장 28절] 미래는 젊은이와 늙은이의 결합으로 잉태되는 것입니다. 그래서 아르헨티나의 시인 프란시스코 루이스 베르나르데스가 "모든 것이 끝난 뒤에야 나는 깨달았습니다 / 나무에 피어난 것은 / 나무 아래 묻힌 것에서 온다는 것을"이라고 노래한 것이 아니겠습니까.[8] 어떤 나무도 뿌리와 분리되면 꽃을 피우지도 열매를 맺지도 못합니다. 말라 죽을 뿐입니다. 따라서 동일한 원인에서 두 가지 질병이 비롯됩니다. 노인을 방치하면 젊은이가 환상을 잃어버리고, 젊은이가 가난해지면 노인이 꿈을 잃어버리니까요. 말라 죽은 사회는 열매를 맺지 못해 삭막할 뿐입니다.

복음서와 가톨릭 교회의 사회적 원리들(연대성과 보조성, 가난한 이들을 위한 우선적 선택, 재화의 보편적 목적)에 비추어보면, 세대차이를 극복하는 데 모든 것을 투입할 필요성을 느낄 수밖에 없습니다. 어떻게 해야 우리가 노인들을 가정으로 다시 맞아들여, 젊은층과 다시 접촉하게 할 수 있을까요? 어떻게 해야 우리가 젊은이들에게 뿌리를 되돌려주고 그들이 예언하게 할 수 있을까요? 다시 말해 그들이 성장할 수 있는 공간을 스스로 마련할 수 있을까요? 이쯤에서 식별이 개입하며 질문을 던집니다. 이런 변화가 나와 내 가족에게 무엇을 의미하는가? 우리 공공정책은 어떻게 달라져야 하는가? 학습의 기회를 빼앗기고 안타깝게도 마약의 세계에 휘말려 일자리를 구하기 힘든 젊은이들을 위해서도 똑같은 고민을 해야 할 것입니다.

성령이 여러분에게 주변에 독거노인이 없는지 찾아보고, 어떻게 하면 그 노인에게 따뜻한 우애의 손길을 내밀 수 있을지 고민해보라고 설득한다고 느껴본 적은 없으십니까? 요양원에 금전적으로 충분히 지원하고 공동체의 일부로 받아들이며 최대한 따뜻한 가정처럼 꾸며주고 싶은 적은 없었습니까? 근원을 파고들어, 어떻게 하다가 우리가 이런 지경까지 치달았는지, 다시 말하면 직장에서 가정에서나 노인들과 함께할 수 없다고 확신하기에 이르렀는지 의문을 품어본 적은 없었습니까?

우리는 현실을 직시하며, 현실에서 하느님의 징표를 식별하고 찾아내야 합니다. 우리가 그 대답을 알고 있다고 주장하지는 않습니다. 그러나 식별력이 있으면, 복음의 기준을 적용하고, 성령의 설득을 감지함으로써 우리는 주님의 목소리를 듣고 따를 수 있습니다. 그 결과 우리 삶은 더 풍요롭고 더 예언적이 되어, 우리는 성령만이 우리에게 줄 수 있는 심원함으로 응답할 수 있습니다.

코로나19가 우리에게 던지는 질문

코로나 바이러스로 시대의 변화가 가속화됨으로써 시대의 징표를 읽어내기가 한층 수월해졌습니다. 우리가 마주하는 현실과 과제, 우리가 사용할 수 있는 해법과 방법 사이에 격차가 있다는 게 확인되었습니다. 그 격차는 사색하고 질문하며 대화하는 공간이 됩니다.

예컨대 자연을 보호하고 회복시키려는 우리의 바람과, 어떤 대가를 치르더라도 성장을 최고 목표로 삼는 경제 모델 사이의 거리에 대해 생각해봅시다.

물론 일부 지역, 예컨대 저개발 지역이나 전쟁의 참화를 딛고 일어서고 있는 국가에서는 국민의 기본적인 욕구를 충족시키기 위해서라도 신속한 경제 성장이 필요합니다. 그러나 부유한 지역에서는 지속적인 경제 성장에 집착함으로써 큰 불안정과 불평등이 초래되었고, 자연계는 균형을 잃었습니다. 생산성과 소비의 끝없는 확대로 인간이 창조를 지배하게 되었지만, 그로 인한 환경 재앙으로 이런 사고방식의 전제가 산산조각나고 말았습니다. 우리 자신도 창조의 일부입니다. 우리가 창조를 소유하지는 않습니다. 오히려 어느 정도까지는 창조가 우리를 소유합니다. 결국 우리는 창조를 떠나서는 살아갈 수 없습니다. 이번 위기는 우리 시대의 징표입니다.

코로나19로 상황은 완전히 달라졌습니다. 코로나19는 우리에게 모든 것을 멈추고, 기존의 관례와 우선순위에 변화를 주라고 요구합니다. 게다가 스스로 이런 의문을 제기해보라고 독촉합니다. 경제와 사회와 생태계에서 우리가 직면한 문제들이 동일한 위기의 다른 얼굴이라면 어떻게 될까? 이런 문제들에 공통된 해법이 있다면 어떻게 될까? 성장이라는 목표를 새로운 관계 방식으로 대체하면, 다른 종류의 경제, 즉 지구가 허용하는 수단만으로 모두의 욕구를 충족시키는 경제가 가능할까?

식별 단계에 들어서면 우리는 이렇게 물을 수 있습니다. 성령이 우리에게 무엇이라 말하고 있는가? 이때 우리가 받아들일 수 있다면 제안되는 은사는 무엇이고, 우리를 방해하는 장애물과 유혹은 무엇인가? 암울한 소식 안에 감추어진 좋은 소식은 어디에 있고, 빛의 천사처럼 변장한 악령은 어디에 있는가? 이런 의문은 겸손히 탐색하며 귀를 기울이는 사람들, 응답을 단단히 붙잡을 뿐만 아니라 묵상하고 기도하는 사람들이 품는 의문입니다.

명확하고 확실하게 미래를 본다고 주장하는 사람들을 조심하고 경계하십시오. 위기의 시기에는 항상 '거짓 메시아들'이 나타납니다. 그 거짓 메시아들은 고유한 미래를 만들어가려는 인간의 자유를 무시하고, 인간의 삶과 함께하려는 하느님의 행동을 철저히 외면합니다. 하느님은 열린 마음으로 단순하게 행동하고, 우리가 또렷하게 볼 수 있을 때까지 인내하며 기다리십니다.

하느님에게 속한 것과 그렇지 않은 것을 식별할 때, 우리는 하느님이 어디에서 어떻게 행동하는지 알 수 있게 됩니다. 하느님의 자비가 어디에서 넘쳐흐르려고 기다리고 있는가를 알아낼 때 우리는 문을 열고, 선의의 사람들과 손잡고 적절한 변화를 시도할 수 있습니다.

어떻게 해야 영을 구분할 수 있을까요? 영은 각기 다른 언어를 말하고, 다른 방식으로 우리 마음에 다가옵니다. 하느님의 목소리는 결코 강요하지 않고 제안하는 데 반해, 적敵은 단호하고 집요하며 심지어 한결같기도 합니다. 하느님의 목소리는 우리를 바로잡으려 하되, 항상 온유하고 격려하며 위안과 희망을 줍니다. 악령은 현혹적인 환상과 솔깃한 감각으로 우리를 유혹하지만, 덧없고 무상한 유혹일 뿐입니다. 악령은 두려움과 의심을 이용하여 재물과 명성으로 우리를 꼬드깁니다. 우리가 무시하면, 악령은 우리에게 경멸과 비난으로 반격하며 "너희는 무가치한 존재"라고 욕합니다.

적의 목소리에 사로잡히면 우리는 현재를 보지 못하고, 미래의 두려움이나 과거의 슬픔에 초점을 맞추게 됩니다. 그러나 하느님의 목소리는 현재를 말하며, 우리가 지금 여기에서 앞으로 나아가도록 돕습니다. 하느님의 목소리는 우리에게 "지금 이 순간 무엇이 나에게 좋고, 무엇이 우리에게 좋으냐?"라고 묻습니다.

하느님의 목소리는 우리의 시야를 열어주는 반면에 적은 우리를 벽에 밀어붙여 꼼짝 못하게 합니다. 선한 영은 우리에게 희망을 주지만, 악한 영은 의심과 불안의 씨를 뿌리고 비난합니다. 선한 영은 선하게 행동하며 주변 사람들을 돕고 섬기고 싶은 욕망을 우리의 내면에 불러일으키고, 올바른 길을 가려는 힘을 북돋워줍니다. 반대로 악한 영은 나를 내 안에 가두며, 나를 경직되고 편협하게 만듭니다. 악한 영은 두려움과 불만을 조장합니다. 악령은 나에게 슬픔과 두려움과 분노를 심어줍니다. 악령은 나를 해방시키기는커녕 노예로 만듭니다. 또한 나를 현재와 미래로 안내하기는커녕 두려움과 체념의 울타리에 가두어버립니다.

더 나은 미래로 향하는 올바른 길이 항상 명확히 보이지는 않습니다. 그러나 이런 두 종류의 '목소리'를 구분하는 법을 터득할 때 우리는 그 길을 정확히 선택할 수 있고, 우리를 꼼짝하지 못하게 하는 과거의 상처나 미래에 대한 두려움에 사로잡힌 채 잘못된 결정을 내리는 걸 피할 수 있습니다.

⚜

더 나은 미래로 향하는 올바른 길이

항상 명확히 보이지는 않습니다.

그러나 하나님의 목소리를 구분하는 법을

터득할 때 우리를 꼼짝하지 못하게 하는

과거의 상처나 미래에 대한

두려움에 사로잡힌 채

잘못된 결정을 내리는 걸 피할 수 있습니다.

팬데믹 시대
여성의 역할

징표는 우리 눈에 띄며 깊은 인상을 주는 것입니다. 이번 위기에서 찾을 수 있는 희망의 징표는 여성의 주도적인 역할입니다.

이번 위기로 여성은 가장 큰 상처를 받았지만 가장 뚜렷한 회복 탄력성을 보여준 계층입니다. 세계 전역의 의료기관에서 일하는 사람들의 약 70퍼센트가 여성입니다. 팬데믹의 최전선에서 일하고 있고, 또 비정규직이나 보수를 받지 않는 분야에서 일하며 경제적으로 더 큰 타격을 받았기 때문에 여성들이 가장 큰 상처를 받았다고 할 수 있습니다.

하지만 여성이 대통령이거나 총리인 국가들이 다른 국

가들에 비해 더 효율적이고 신속하게 대응하며 빠른 결정을 내렸고, 국민들과 교감하는 능력을 보여주었습니다.

이런 징표에서 우리는 무엇을 생각해야 할까요? 이런 징표를 통해 성령은 우리에게 무엇을 말하고 싶었던 걸까요?

복음서에서 예수님의 죽음 이후에 여성들은 어떤 힘을 보여주었던가요? 그들은 예수님에게 닥친 비극에 주눅들지 않았고 도망치지도 않았습니다. 예수님을 사랑하는 마음에 그들은 예수님에게 성유를 바르려고 무덤으로 달려갔습니다. 이번 팬데믹에서 많은 여성이 그랬듯이, 그들은 힘을 합해 이런저런 장애를 해결하며 가족과 공동체에 희망을 계속 살려갈 수 있었습니다. 그랬던 까닭에 그들은 "그분께서는 여기에 계시지 않는다. 말씀하신 대로 그분께서는 되살아나셨다"라는 놀라운 소식을 가장 먼저 들을 수 있었습니다.[마태오 복음서 28장 6절] 여성들이 현재에 충실하며 귀를 기울였고, 새로운 가능성을 열어두었기 때문에 주님은 '새 생명의 부활'을 여성에게 가장 먼저 알렸던 것입니다.

이번 위기에서 여성들이 보여준 시각이 세계적으로 다

가오는 문제를 해결하는 데도 필요한 것일까요?

일부 여성이 이번에 제기하고 있는 새로운 사고방식을 인정하고 높이 평가하며 받아들이라고, 성령께서 우리를 독려하실까요?

특히 이번 위기와 관련해 참신한 생각을 제시한 여성 경제학자들이 있습니다. 그들은 현재 우리가 경제를 관리하는 데 사용하는 모델을 새롭게 정비할 필요가 있다고 말하며 주목받고 있습니다. 그들의 관점은 '현실' 경제를 직접적으로 경험한 데서 비롯된 것으로, 그들은 현실 경제를 경험함으로써 경제학 교과서가 부적절하다는 걸 알게 되었다고 이구동성으로 말합니다. 출산과 가사 노동, 즉 경제학의 어떤 분야에도 기록되지 않는 무임 노동에 종사하는 동시에 전문 영역에서 학자로도 일한 덕분에 그들은 지난 70년 동안 경제학에서 사용된 주된 모델들의 결함을 알게 되었습니다.

그렇다고 그들이 모두 똑같은 의견을 제안하는 것은 아닙니다. 그들은 여성이란 공통점이 있을 뿐입니다. 그들의 의견은 제각각이고, 많은 점에서 다릅니다. 하지만 이처럼 영향력 있는 경제학자들이 주류 경제학에서 오랫동안 열외로 취급되던 분야(출산과 가난한 사람에 대한 배려, 돈으로 환산할 수 없는 관계와 공공 분야의 가치, 시민 사회가 부를 창출하는 데 기여하는 정도)에 초점을 맞추고 있다는 것만은 확실합니다. 그들은 더 '모성적인' 경제를 옹호하며, 성장과 이익에만 중점을 두지 않고, 사람들이 사회에 참여해 번창하도록 도울 수 있는 경제를 재구성하는 방법에 초점을 맞추자고 주창하고 있습니다. 그들이 옹호하는 경제는 규제와 중재에 그치지 않고, 유지와 보호와 갱생에 초점을 맞춘 경제입니다. 오랫동안 이상적이고 비현실적이라며 묵살되던 이런 사상들이 이제는 예지력을 지닌 유의미한 이론으로 받아들여지는 듯합니다.[9]

영국의 경제학자 마리아나 마추카토의 책 《가치의 모든 것》은 나에게 많은 것을 생각하게 해주었습니다. 현재의 경제학적 사고에서 개인적인 노력이나 천재성의 결과로 갈채를 받던 기업들의 성공이 실제로는 공적 영역에서 연구와 교육에 대대적으로 투자한 결실이라는 주장에 나는 깊은 감명을 받았습니다. 하지만 현실에서는 주주들이

막대한 이득을 거두어가고, 국가는 시장에 부담을 주는 짐으로 여겨집니다. 내가 주목하는 또 한 명의 경제학자는 옥스퍼드 대학의 케이트 레이워스입니다. 그녀가 주장하는 '도넛 경제학'은 사람들을 빈곤의 '구멍'에서 끌어내면서도 지구의 생태적 한계를 넘어가지 않는 한도 안에서 분배와 재생에 초점을 맞춘 경제학입니다. 마추카토와 마찬가지로 케이트도 국내총생산의 성장을 단 하나의 최우선적인 목표로 생각하는 우리 문화의 무모함에 도전하고 있습니다. 다른 학자들도 언급할 수 있지만, 두 학자가 특히 나에게 알려진 이유는 코로나19 이후를 대비하는 바티칸의 생각에 두 학자가 많은 도움을 주었기 때문입니다.

그들의 이론을 평가하는 것은 내 관심사가 아닙니다. 나에게는 그런 자격이 없습니다. 다만 내 관심사는 이런 사고법에 담긴 '에토스', 즉 정신입니다. 내가 보기에 이런 생각들은 그들이 주변을 경험하며, 상위 1퍼센트가 세계 금융 재산의 거의 절반을 소유한 반면, 수십억의 사람들이 극심한 궁핍에 시달리는 터무니없는 불평등을 안타까워하며 형성된 것입니다. 인간의 취약함에 대한 관심, 오염을 대차대조표에서 상쇄해야 하는 비용으로 계산하며 자연계를 보호하려는 염려도 내 눈에는 보입니다. 일할 수 있는 사람이면 누구에게나 일자리를 마련해줄 수 있는 경제, 주주를 위한 부만이 아니라 사회를 위한 가치까지 창출해낼 수 있는 노동에 더 큰 가치를 부여하는 경제에 대한 관심도 찾아볼 수 있습니다. 이데올로기에 매몰되지 않고 자유시장 자본주의와 국가 사회주의라는 양극화를 넘어서려는 이론, 모든 인류가 토지와 주택과 일을 가질 수 있어야 한다는 철학을 중심에 두는 이론도 보입니다. 이 모든 것이 복음에서 우선시하는 것이고, 가톨릭 교회의 사회적 원칙에 부합하는 것입니다. 따라서 여성 경제학자들의 이런 '재고再考'를 우리가 관심을 기울여야 할 우리 시대의 징표로 보는 것이 합리적인 판단일 겁니다.

식별을 위해서는 우리가 성령의 메시지를 듣지 못하게 방해하는 유혹, 즉 우리를 막다른 골목으로 몰아갈 수 있는 유혹을 자각할 수 있어야 합니다. 유혹은 융통성이 없고 획일적인 특성을 띠기 때문에 어렵지 않게 감지될 수 있습니다. 성령이 있는 곳에는 '베르수스 인 우눔versus in unum', 즉 하나됨을 향한 움직임이 있는 것이지, 획일성을 향한 움직임이 있지는 않습니다. 성령은 여러 집단과 관점의 적정한 복수성을 존중하며, 그들의 다양성을 유지하는 가운데 화합을 유도합니다. 따라서 어떤 집단이나 개인이 자신의 방법만이 징표를 '읽어낼' 수 있는 유일한 방법이라 고집한다면, 그런 현상 자체를 경고의 신호로 여겨야 마땅할 것입니다.

예컨대 경직된 사고방식의 유혹적인 면은 사람들을 고정된 기능에 묶어두는 것입니다. 여성이 더 많은 '권한'을 가지면 여성의 관점이 더 강력해질 것이기 때문에, 여성의 관점을 받아들이면 '필연적으로' 더 많은 여성을 경영직에 임명하게 될 것이란 결론은 그야말로 기능주의의 오류일 수 있습니다. 그러나 여성의 기여가 권한의 분배에 이의를 제기하며, 여성 지도자가 들어서더라도 조직의 문화가 반드시 뒤따라 바뀌지는 않을 것입니다. 그런 변화는 여성들이 차지하는 책임 있는 지위의 한계를 넘어서는 것입니다. 물론 자격 있는 여성이면 어떤 차별도 없이 리더가 되고, 동일한 임금을 받고, 모든 면에 동등한 기회를 보장받아야 하는 것은 당연합니다. 그러나 여성의 관점이 기존의 현상에 이의를 제기할 수 있는 다른 방법들은 없는지 의문을 제기할 필요도 있을 것입니다.

이 문제는 내가 로마에 들어온 이후로 줄곧 관심을 기울였던 것입니다. 구체적으로 말하면, 나는 바티칸의 의사결정 과정에 여성의 존재와 감성을 반영하는 더 나은 방법을 찾고 싶었습니다. 따라서 여성들이 주도할 수 있는 공간을 만들되, 그 공간에서 여성들이 가치 있는 존재로서 존중받고 인정받는 문화를 형성해갈 수 있도록 하는 것이 나에게는 큰 과제였습니다. 내가 임명한 여성들은 능력과 경험을 근거로 임명되었지만, 관료화된 교회의 비전과 태도에 영향력을 행사해주기를 바라는 마음도 있었습니다. 나는 일부러 바티칸의 많은 조직에 여성을 컨설턴트로 초빙했고, 여성이 독립성을 유지하면서도 바티칸에 영향을 주기를 바랐습니다. 종교 기관의 문화를 바꾸려면, 여성의 관점을 종교적으로 해석하지 않고 순수하게 받아들여 통합하는 유기적인 과정이 필요합니다.[10]

얼마 전부터 바티칸의 중요한 위치에서 상당수의 여성

이 활동하고 있습니다. 예컨대 평신도와 가정과 생명에 관한 부서에서는 두 명의 차관, 즉 두 부서장이 여성입니다. 바티칸 박물관 관장도 여성입니다. 그러나 최고위직 여성은 국무원에서 유엔과 유럽평의회 같은 다국적 기관과 교황청의 외교관계를 담당하는 차관입니다.[11]

나는 다른 중요한 직책에도 여성을 임명했지만, 오랜 기간에 걸쳐 한 번에 한 명씩 임명했기 때문인지 그들은 많은 관심을 끌지 못했습니다. 그러나 2020년 여섯 명의 여성을 한꺼번에 재무평의회에 임명했을 때는 뉴스가 되었습니다. 바티칸의 재무 관리와 정책을 감독하는 조직인 재무평의회는 일곱 명의 추기경과 일곱 명의 평신도로 구성되는데, 평신도 중 여섯 명이 여성입니다.

내가 그 특별한 여성들을 선택한 이유는 그들의 자격이 충분하기도 하지만, 일반적으로 여성이 남성보다 관리에는 더 뛰어나다고 생각하기 때문입니다. 관리 과정에 대한 이해, 프로젝트를 진행하는 방법에 대한 이해도 여성이 낫습니다. 그래서 이번에 선택된 여성들은 우리에게 필요한 전문지식과 현장 경험만이 아니라, 어머니이자 '가정주부'

로서 쌓은 개인적인 경험을 바탕으로 바티칸의 일상을 조직하는 토론에서 큰 도움을 주었습니다.

'가정주부housewife'는 대체로 여성을 비하하는 표현으로 여겨지고, 때로는 그런 뜻으로 사용됩니다. 그러나 '가정의 여주인'을 의미하는 스페인어 '아마 데 카사ama de casa'에는 '경제학economics'의 어원으로 여겨지는 그리스어 '오이코스oikos(가정)'와 '노모스nomos(관리)'의 뜻, 즉 '가정 관리의 기술'이란 의미가 담겨 있습니다. 가정 관리는 결코 작은 일이 아닙니다. 여러 일을 동시에 해내고, 각양각색의 관심사를 조정하고, 융통성과 노련미까지 발휘해야 합니다. 또 가정주부는 동시에 세 가지 언어를 말해야 합니다. 요컨대 머리와 마음과 손이 따로 움직여야 합니다.

내가 사제로서 교회의 여러 조직에서 일할 때, 주로 여성에게 상대적으로 날카로운 조언을 많이 받았습니다. 아마도 그들이 다양한 각도에서 볼 수 있고, 무엇보다 '실리적'이어서 일이 진행되는 과정이나 사람의 한계와 잠재력을 현실적인 관점에서 평가할 수 있었기 때문일 겁니다. 교황이 되기 전 부에노스아이레스 대주교 시절에 나는 여성을 재무 관리자, 고문, 기록 보관소 소장으로 두었습니다. 개인적인 판단이지만, 사목 활동과 관리에서 여성의 조언이 대다수 남성의 조언보다 나을 때가 많습니다.

여성의 역할을 교회 지도부까지 확대하려는 노력이 바티칸에만 의존해서는 안 되고, 여성의 역할이 특정한 역할에 국한되지 않아야 한다는 것도 분명히 해두고 싶습니다. 사제직이 변질되며 나타난 교권주의 때문에, 많은 사람이 교회 지도층이 배타적인 남성 중심이라 생각하지만, 그것은 잘못된 생각입니다. 어느 교구에든 가보십시오. 그러면 여성이 학교와 병원을 비롯해 다양한 조직과 프로그램을 운영하는 걸 볼 수 있을 겁니다. 어떤 지역에는 남성 지도자보다 여성 지도자가 더 많은 것도 확인할 수 있을 겁니다. 예컨대 아마조니아에서는 여성 평신도와 수녀들이 모든 교회 공동체를 운영하고 있습니다. 그들이 사제가 아니기 때문에 지도자가 아니라고 말한다면, 그야말로 교권주의자의 무례가 아닐 수 없습니다.

마음과 정신의 하나됨

다른 미래를 꿈꾸고 싶다면, 조직의 원리로 개인주의보다 형제애를 선택해야 마땅합니다. 형제애, 서로에게 속해 있고, 인류 전체에 속해 있다는 감정은 공유의 가능성을 두고 협력하며 함께 일하게 해주는 주춧돌입니다. 예수회의 전통에서 이런 형제애를 '우니온 데 아니모스 unión de ánimos'라고 칭합니다. 이는 '마음과 정신의 하나됨'이란 뜻입니다. 이런 하나됨으로 인해, 우리는 관점의 차이, 육신의 분리, 인간적 자존심에도 불구하고 한몸처럼 행동할 수 있습니다. 이런 하나됨은 복수성을 보존하고 존중하기 때문에, 모두가 각자의 독자성을 살리면서 서로 염려하는 형제자매라는 공동체원으로서 기여하기를 기대합니다.

우리에게는 이런 종류의 하나됨이 절실히 필요합니다. 코로나19라는 팬데믹으로, 우리가 생각보다 더 긴밀히 연결된 존재이면서도 생각보다 더 분열된 채 살아간다는 패러독스가 여실히 드러났습니다. 과열된 소비지상주의는 이런 연대감을 깨뜨립니다. 소비지상주의는 우리를 불안하게 만들고, 그로 인해 우리는 자기보존에 연연합니다. 포퓰리즘 정책들이 우리의 두려움을 이용해 사회를 지배하는 권력을 탐하고, 그로 인해 우리의 두려움은 더욱 깊어집니다. 노인과 실업자, 장애인과 아직 태어나지 않은 세대를 우리 복지를 방해하는 잉여물로 생각하는 감탄고토의 문화에서 인간의 존엄성을 공유하며 사람들을 만나는 '교류의 문화'를 구축하기는 쉽지 않습니다. 이런 이유에서 나는 아시시의 성 프란치스코에게 감명을 받아, 형제애를 되살릴 수 있기를 바라며 모든 선의의 사람들에게 편지를 썼습니다.[12]

우리 사회의 분열과 불화를 극복하고 평화와 공동선을 이루어낼 수 있는 방법을 논의하기 전에, 우리는 마음과 정신의 하나됨을 방해하는 주된 장애물인 '외떨어진 양심'

에 대해 심사숙고할 필요가 있습니다. 내가 그런 양심이 교회에 어떤 영향을 미치는지 설명하면, 다른 제도적 기관, 더 나아가 사회 전반에도 그런 양심이 횡행한다고 생각할 사람이 많을 것입니다.

우리가 어떤 세계를 조사하더라도 악령이 내가 속한 몸에서 영적으로 빠져나와, 온갖 의혹과 추정을 내세우며 나를 개인적인 관심사와 관점에 가두려고 하는 유혹이 있다는 것이 중요합니다. 또한 궁극적으로 그 유혹이 어떻게 우리를 사면초가에 몰려 불평을 일삼으며 다른 사람들을 무시하고, 자신만이 진리를 알고 있다고 믿는 자로 바꿔놓는지도 알아야 합니다.[13]

교회의 역사에서는 자신들이 '그리스도의 몸'보다 우월하다고 생각하는 교만의 유혹 때문에 결국 이단으로 빠진 집단들이 항상 있었습니다. 우리 시대에는 제2차 바티칸 공의회(1961-1965) 이후로, 혁명적 이데올로기들과 그에 편승한 만민구원주의가 있었습니다. 이런 이데올로기들의 공통된 특징은 경직성이었습니다. 경직성은 악령이 무엇인가를 감추고 있다는 징표입니다. 감추어진 것은 오랫

동안 드러나지 않을 수 있지만, 결국에는 어떤 추문이 폭로되기 마련입니다. 최근에도 이런 식으로 끝난 그리스도교 집단들을 적잖게 보지 않았습니까. 그런 집단들은 거의 언제나 경직성과 권위주의를 띠었습니다. 또 지도자를 비롯해 구성원들은 교리와 교회의 원래 모습을 되살리려는 사람들을 자처했지만, 그들의 삶은 정반대였다는 게 나중에 밝혀졌습니다. 자신들의 이데올로기를 교회에 강요하려는 집단들의 뒤에서는 예외없이 이런 경직성이 확인됩니다. 조만간 섹스와 돈, 심지어 정신 지배와 관련된 충격적인 폭로가 있을 것입니다.

우리는 하찮은 것을 잃지 않을까 두려워하며 그것을 지키려고 온갖 시도를 다하지만, 그런 시도는 감추어집니다. 그 하찮은 것이란 자존심을 지탱해주는 것, 예컨대 권력과 영향력, 자유와 안전, 지위와 돈, 재산 따위입니다. 이냐시오 성인이 '획득된 행운'이라 칭한 것을 잃지 않으려는 두려움에 우리는 그 행운에 더욱더 집착하게 됩니다. 따라서 자아에서 빠져나와 더 큰 것의 일부가 되라는 권유를 받으면, 의심과 억측의 악령이 우리에게 자신의 애착심을 비밀리에 감추며, 다른 사람들의 잘못으로 정당화하는 온갖 그럴듯한 변명거리를 알려줍니다. 이렇게 우리의 애착을 정당화해주는 '변명거리'들을 하나씩 받아들이다 보면 우리 마음은 강팍해지며 그 변명거리에 집착하고, 결국 그 변명거리는 하나의 이데올로기가 됩니다.[14]

따라서 외떨어진 양심을 고집하는 가톨릭 신자들에게는 교회와 주교, 교황까지 비난할 이유가 부족하지 않습니다. 예컨대 교회가 시대의 변화를 반영하지 못한다는 비난부터, 교회가 근대성에 굴복했다는 비난까지 하곤 합니다. 또 교회가 교회답지 못하고, 교회가 과거와 달라졌다고도 비난합니다. 이런 식으로 그들은 하느님의 백성으로서 미래를 향한 전진을 거부하고 외면합니다. 그리스도의 몸과 교감하며 이 세상에 복음을 전파하는 위대한 과업에 몸을 내던지지 않고, 순수주의자 혹은 진리의 수호자를 자처하는 자기들만의 무리에서 웅크리고 있을 뿐입니다. 외떨어진 양심에 시달리는 사람들에게도 실제 삶이 전개되는 곳에서 떨어져나와 외따로 살아가는 이유도 결코 부족하지 않습니다.

분열의 씨는 이렇게 뿌려집니다. 타자를 향해 열려 있는 자애로운 마음이 자신의 생각이 우월하다는 집착으로 대체됩니다. 자신의 생각을 강요하려는 파벌들 간의 다툼으로 하나됨이 훼손됩니다. 복원이나 개혁의 깃발 아래에서 사람들은 자신들의 교리와 선언을 해명하고 설명하는 장광설을 내뱉고, 끝없는 글을 써대지만 소집단의 강박 관념을 반영할 뿐입니다. 그 사이에 하느님의 부름을 받아 모인 사람들은 예수님의 발자취를 따라 앞으로 전진합니다. 그들은 교회의 잘못을 모른 체하지는 않지만, 교회의 일부인 것을 기뻐하고 자신의 죄를 고백하며 자비를 간구합니다. 하느님의 백성은 자신의 잘못과 죄를 인정하고, 그 자신이 과거에 자비를 베풀었던 사람이란 걸 알기 때문에 용서를 구할 수 있습니다.

교회에도 잘못과 결함이 있다는 것은 주지의 사실입니다. 교회를 불신할 수밖에 없는 참담한 경험을 한 사람도 적지 않습니다. 여기에서 내가 걱정하는 것은, 교회가 구원받아야 할 대상이라고 믿는 교만이나, 주주로서 경영의 변화를 요구할 수 있는 기업체처럼 교회를 취급하려는 교만에서 드러나는 영적인 상황입니다. 그야말로 영성이 세속화되었다는 증거가 아닐 수 없습니다. 교회에 '불순물'이 너무 많다고 주장하며, 이런저런 순수주의자들이나 전통주의자들만이 신뢰받을 만하다고 주장하는 사람들이 그리스도의 몸, 즉 교회에 분열의 씨를 뿌립니다. 이런 현상도 영성의 세속화라 할 수 있습니다. 교회가 양성평등을 지지한다는 증거로 여성을 사제로 서품할 때까지 지역 교회의 신도나 주교는 교회의 진심을 신뢰할 수 없을 것이라 주장하는 사람들의 경우도 마찬가지입니다. 표면적으로는 그들이 교회를 불신하는 이유가 일관되고 원칙에 입각한 듯하지만, 사실은 교회 안에서 그리스도의 제자로 행동하기를 거부하는 외떨어진 양심의 영을 감추고 있습니다.

예수님은 교회를 순수의 성채나, 영웅들과 성인들의 광장으로 세운 것이 아닙니다. 물론 지금까지 많은 영웅과 성인이 있었다는 데는 감사할 따름입니다. 교회는 훨씬 더 역동적인 곳입니다. 교회는 회심의 학교, 영적 전투와 식별이 벌어지는 곳, 죄와 유혹과 더불어 은총이 넘쳐흐르는 곳입니다. 신도에게 하느님의 자비가 필요하듯이 교회에도 하느님의 자비가 필요합니다. 이런 이유에서 교회도 하느님이 자비를 베풀기 위한 도구일 수 있습니다. 우리가 누구도 죄와 실수를 이유로 배척하지 않고 오히려 그들이 뜻하는 목표를 이룰 수 있도록 도와야 하듯이, 그리스도의 추종자들은 교회를 사랑하고, 교회의 소리를 귀담아들어야 합니다. 또 교회에 힘을 북돋워주고, 교회를 책임지고, 심지어 교회의 죄와 실수까지 떠안아야 합니다. 그리스도께서 약하고 죄지은 사람들에게 나타나셨듯이, 우리도 교회가 다시 일어서도록 도와야 합니다. 교회를 비방하거나 업신여기지 말고, 어머니를 보살피듯이 교회를 돌보도록 합시다.

외떨어진 양심은 다른 사람들을 자비로 대하기가 쉽지 않습니다. 외떨어진 양심은 적어도 실생활에서는 그런 자비를 배척하기 때문입니다. 사면초가에 내몰린 자아의 예를 성경에서 찾으면 예언자 요나일 것입니다. 하느님은 요나에게 니네베에 가서 그곳 사람들이 회개하도록 가르치라고 명령하지만, 요나는 그 명령을 받아들이지 않고 타르시스로 달아납니다. 하지만 요나가 실제로 거부한 것은 니네베를 향한 하느님의 자비입니다. 요나의 계획과 사고방식에는 하느님의 그런 자비가 마뜩하지 않았던 것입니다. 하느님께서 이미 오셔서 율법을 공포하셨으므로, "나머지는 내가 알아서 하면 되잖아!"라는 게 요나의 생각이었습니다. 요나의 생각에 그는 구원받았지만 니네베 사람들은 구원받지 못했고, 그는 진리를 알았지만 니네베 사람들은 몰랐습니다. 또 그가 책임자였고 하느님은 아니었습니다. 결국 요나는 자기 확신이라는 철조망 울타리 안에 자신을 가두며 세상을 선과 악으로 양분했고, 하느님에게 다가가는 문을 닫아버렸습니다. 사면초가에 빠진 자아가 어떤 상태에서 하느님의 자비를 만난들 그 마음이 어떻게 강팍해지지 않겠습니까!

안타깝게도 오늘날 너무도 많은 사람이 회개하기 전의 요나처럼 행동하고 있습니다. 그들은 외떨어진 폐쇄된 세계에 사로잡힌 채 불평하고 남을 업신여깁니다. 자신들의 정체성이 위협받는다고 생각하며 온라인과 오프라인의 전쟁에 끼어들고, 거기에서 안전감을 얻으려 합니다.

외떨어진 양심이 영적으로나 심리적으로 추락하는 속

도를 보면 놀라울 정도입니다. 악마는 외떨어진 양심을 하느님 백성의 몸과 떼어놓은 후에도 그에게 잘못된 생각과 반쪽 진실을 계속 심어줍니다. 그 결과 외떨어진 양심은 더욱더 독선에 사로잡힙니다. 악마는 거짓말로만 유혹하는 게 아닙니다. 반쪽 진실 혹은 영적인 기반을 상실한 진실이 사람들의 친교를 더욱 어렵게 만들기 때문에 더 효과가 있습니다. 외떨어진 양심들은 결국 교리를 이데올로기로 삼고, 반복되는 의심과 억측에 사로잡혀 결국 음모론에 빠지며, 뒤틀린 렌즈를 통해 모든 것을 바라봅니다. 이렇게 독선에 빠진 외떨어진 양심은 아무런 증명도 필요하지 않은 이상한 환상을 믿게 됩니다.

예를 들어보지요. 2019년 10월 로마에서 열린 아마조니아를 위한 시노드에서, 일부 종교 단체와 언론은 끊임없이 뒤틀린 시각으로 원주민의 존재에 대해 언급했습니다. 그 시노드를 특별히 아름답게 해주었던 좋은 면들, 예컨대 토착 문화에 대한 깊은 존중과 원주민들이 참여한 기도회 등이 이교도 신앙과 혼합주의에 대한 발작적인 비난으로 일그러졌습니다. 시노드가 열린 회의장 안에서는 거의 의식하지 못했지만, 밖에서는 크고 작은 소동이 있었습니다. 요컨대 외떨어진 양심의 분노는 실재하지 않는 것에서 시작되어, 세상을 선악으로 양분하는 마니교적 환상(이때 그들은 항상 선한 편입니다)을 통과한 뒤에 언어 폭력과 물리적 폭력 등 다양한 형태의 폭력으로 끝납니다.

하느님을 초대하는 길

독선에 빠진 자아의 외떨어진 양심을 예방할 백신은 없지만 해독제는 있습니다. 그 해독제는 무료로 이용할 수 있고, 자존심만 포기하면 됩니다. '자책'은 6세기의 사막 수도자, 가자의 도로테우스가 하느님은 결코 유혹에 빠진 우리를 홀로 내버려두지 않는다는 걸 입증한 사막의 교부들로부터 끌어낸 지혜를 정리한 단순한 개념입니다. 자책함으로써 우리는 우리 자신을 '낮추고', 하느님이 우리를 하나로 통합하는 여지를 만들어냅니다. 외떨어진 양심이 다른 사람들을 비난함으로써 생겨나듯이, 우리의 하나됨도 우리 자신을 비난하는 자책의 열매입니다. 자책은 자만과 교만에 빠져 우리 자신을 변명하고 합리화하기는커녕 예수님이 산상수훈에서 영혼의 가난함이라 칭한 것을 담아냅니다. 루카 복음서 18장 9-14절에서 예수님은 세리와 바리사이의 비유를 통해 자책의 의미를 가르쳐주셨습니다. 세리는 "오, 하느님! 이 죄인을 불쌍히 여겨주십시오"라고 기도하는 반면에, 바리사이는 다른 이들과 같지 않은 것을 하느님에게 감사하면서도 자신을 낮추는 기도를 하지 않습니다.

이렇게 '자신을 낮추는 행위'는 하느님의 말씀에서 낮춤과 겸양을 본받는 것입니다. '자신의 낮춤'은 잘못을 고백하는 겸손한 행위입니다. 그렇다고 우리가 스스로 단죄하면, 우리 자신에게 책임을 씌우는 똑같은 실수를 범하는 것이 됩니다. 따라서 낮춤은 우리가 하느님에게 의존하는 존재임을 인정하고, 우리에게 필요한 것을 하느님의 은총에 맡긴다는 뜻입니다. 그래서 나는 다른 사람들의 실수와 한계를 탓하지 않고, 나의 태도에서 잘못이나 결함을 찾으려 합니다. 그러고는 창조주 하느님에게 의지하고, 하느님이 나를 사랑하고 나를 돌봐주실 것이라 확신하며, 내가 더 나은 존재로 성장하는 데 필요한 은사를 간구합니다.

하느님과 나를 차단하지 않고, 하느님이 내 안에 들어와 일할 수 있도록 문을 활짝 열어둡니다. 하느님이 결코 우리 자유를 구속하지 않는다는 걸 확신하기 때문입니다. 하느님이 우리 안에 들어올 수 있도록 초대해야 합니다. 하느님이 우리 안에 들어오면, 형제나 자매의 결함을 찾으려 하지 않고 그가 어떤 문제로 고민하고 그에게 무엇이 필요한지를 찾아낸 후에 어떻게든 도움을 주려고 합니다.

하느님의 자비를 확신하며 자책할 때, 우리 안의 악령이 발 디딜 곳을 잃고 모습을 드러냅니다. 우리를 분열시키는 주된 원인은 견해의 차이가 아니라, 그런 견해들 뒤에 숨은 악령입니다. 그 악령은 비난과 맞비난의 악순환에도 숨어 있습니다. 나를 내 형제자매로부터 떼어놓는 것이 나와 그들의 교만과 우월감이듯이, 우리를 하나로 이어주는 것은 우리가 공유하는 결함이며, 우리와 하느님 간의 상호신뢰, 또 우리 사이의 상호신뢰입니다. 우리는 더 이상 경쟁자가 아니라 같은 가족의 구성원입니다. 우리가 서로 의견이 달라 입씨름할 수 있지만, 서로 증오하는 악순환에 휘말리지는 않습니다. 우리가 같은 방향으로 생각하지는 않지만, 함께 움직이는 한몸의 일부입니다.

요나가 외떨어진 양심의 아이콘이라면, 세관장 자캐오는 외떨어진 삶을 단호히 포기한 사람의 대표적인 예입니다.[루카 복음서 19장 1-10절] 자캐오는 세금을 걷는 관리, 즉 주민들에 의지해 살아가는 사람이었습니다. 그러나 예수님이 그의 도시를 찾아오자, 자캐오는 예수님을 잘 보려고 나무에 올라갔습니다. 그의 내면에는 외떨어진 양심에서 비롯된 차가운 외로움에서 벗어나고 싶은 욕망이 있었습니다. 예수님은 그를 교만에서 끌어내리며 사람들과 함께하라고 명령하고, 자캐오는 재산의 절반을 가난한 사람들에게 주겠다고 약속합니다. 자캐오는 자비를 받아들임으로써 변합니다. 그 결과 그는 모든 오만을 끈기 있게 태워버리고, 밑에서부터 다른 사람들과 협력하며, 홀가분한 마음으로 새로운 미래를 건설할 수 있었습니다.

타인의 비난은 결국 하느님을 무시하는 것이지만, 자책은 우리를 하느님에게로 인도합니다. 하느님 앞에서는 누구도 무죄하지 않습니다. 그러나 죄를 인정하고 회개하며, 잘못을 부끄럽게 생각하면 누구나 용서를 받습니다. 이리하여 우리는 의견이 다른 사람을 적으로 보는 편협함에서 벗어납니다. 자책은 외떨어진 양심이란 바이러스를 견뎌내는 항체입니다. 하느님 앞에서의 겸손은 형제애와 사회적 평화를 가능하게 해주는 열쇠입니다.

다른 사람이 여러분에게 악행을 범했다는 생각에 사로잡혀 외떨어진 양심으로 추락하는 실수를 범하지 않기를 바랍니다. 도로테우스의 표현을 빌리면, "의심과 억측은 적의로 가득하기 때문에 영혼을 잠시도 평화롭게 내버려두지 않습니다."[15]

‘자신의 낮춤’은 잘못을 고백하는
겸손한 행위입니다.
낮춤은 우리가 하느님에게 의존하는
존재임을 인정하고,
우리에게 필요한 것을
하느님의 은총에 맡긴다는 뜻입니다.

분열을 초월하기 위한 새로운 사고법

독선에 빠진 사람들, 불안에 시달리며 모든 것을 통제하고 성급하게 화를 내며 자신을 합리화하려는 사람들이 공공의 장에 대한 지배력을 강화하면서 우리 사회는 더욱더 분열되고 파편화되는 위험에 빠졌습니다. 교회라고 전염에 영향을 받지 않은 것은 아닙니다.

정치와 사회와 언론이 때때로 서로 권력을 차지하려고 의견이 다른 상대를 지워버리려는 기나긴 아귀다툼을 벌일 때, 그런 분열적 상황에서 우리는 어떻게 행동해야 할까요? 언어 폭력이 증가하는 현상은 허약해진 자아, 뿌리의 상실을 뜻합니다. 이런 경우에 우리가 안심하려면 상대의 신뢰성을 떨어뜨려야 합니다. 우리에게 옳다는 확신을 주는 이야기, 다른 사람들을 침묵시킬 만한 근거가 되는 이야기를 만들어내서라도 상대의 신뢰성을 떨어뜨려야 합니다. 우리 문화에는 진지한 대화가 부족하기 때문에 우리 모두가 협력할 수 있는 공동의 목표를 만들어내기가 훨씬 더 어렵습니다.

양극화가 본격적으로 시작되며, 공적인 영역은 우위를 차지하려는 도당들 간의 싸움터로 변했습니다. 나는 2015년 미국 의회에서 연설할 기회가 있었습니다. 그때 나는 세상에서 선과 악, 정의로운 사람과 죄인만을 보는 단순한 환원주의의 위험에 대해 경고했습니다. 이는 내가 '요나 증후군'이라 말했던 것입니다. "현 세계에는 아물지 않은 상처로 고통받는 우리의 많은 형제와 자매가 있습니다. 현 세계는 우리에게 세상을 두 진영으로 나누는 모든 형태의 양극화에 맞서기를 요구합니다. 모두가 알고 있듯이, 우리는 외부의 적을 완전히 제거하려고 하면서도 내부의 적을 키우고 싶은 유혹을 받을 수 있습니다."[16]

내가 '내부의 적'에 대해 말한 이유는 양극화에도 영혼의 뿌리가 있기 때문입니다. 양극화는 일부 정치인과 언론에 의해 증폭되고 심화되지만, 마음에서 잉태된 것입니다. 양극화된 환경에 있을 때, 우리는 분열을 초래하고 비난과 맞비난의 악순환을 불러일으키는 악령의 존재를 찾아내야 합니다. 과거에는 악마를 '지독한 비난자'라 칭했습니다. 오늘날에는 언어 폭력, 중상모략, 불필요한 잔혹성에서 악마의 동굴을 찾을 수 있습니다. 그 동굴에는 들어가지 않는 게 최선입니다. 비난자와는 토론하지도 말다툼하지도 마십시오. 말을 섞는다는 자체가 그의 논리를 받아들인다는 뜻이지만, 그의 논리에서는 영들이 이성으로 변장하고 있을 뿐입니다. 악령에는 다른 수단으로 대응해야 합니다. 예수님이 그랬듯이, 내쫓으십시오. 코로나 바이러스처럼 양극화라는 바이러스가 숙주에서 숙주로 옮겨가지 못하면, 점차 사그라들어 사라질 것입니다.

거짓된 이성과 합리화를 되풀이하며 악령을 숨기는 비난과 맞비난의 미로에 빠지지 않아야 합니다. 그 악령이 스스로 드러나도록 해야 합니다. 예수님이 십자가의 고난으로 우리에게 가르치신 것이 바로 그것입니다. 예수님의 온유함과 무저항에 악령은 스스로 모습을 드러낼 수밖에 없었습니다. 비난자는 침묵과 유약함을 혼동하며, 공격을 배가하고 분노를 드러냅니다. 그리하여 그가 누구인지를 드러냅니다.

하지만 우리의 주된 과제는 양극화에서 벗어나는 게 아니라, 양극화에 빠지는 걸 예방하는 방법을 두고 갈등하고 논쟁하는 것입니다. 달리 말하면, 분열 자체를 초월할 수 있는 새로운 사고법을 고안해냄으로써 분열을 해결하자는 뜻입니다. 그렇게 하면, 분열되더라도 삭막한 양극화로 치닫지 않고 가치 있는 새로운 결실을 맺을 수 있을 것입니다. 이것이 지금 우리가 맞은 위기의 시대에 해결해야 할 주된 과제입니다. 동시에 우리는 많은 전선에서 거대한 도전에 직면해 있기 때문에 더 높은 차원에서 다양한 관점들을 통합하는 대화의 기술을 연습할 필요가 있습니다.

어떤 정치의 목표가 설득과 승리라면, 그 정치는 캠페인과 토론을 넘어서야 합니다. 모두의 이익을 위해 함께 해법을 찾는다는 점에서 정치는 자선 행위에 더 가까워야 합니다. 이런 소명을 이루기 위해서는 우리 눈에 나쁘게 보이는 것을 포기하는 겸손함과, 진리적 요소를 포함하는 것이면 우리 견해와 다른 견해까지 받아들이는 용기가 필요합니다.

의견 충돌을 '포용'하며 그런 충돌을 새로운 과정에 들어가는 연결고리로 삼는 것은 우리 모두를 위해 중요한 소명입니다. 예수님의 말씀대로 "화평케 하는 사람들은 복이 있을 것"입니다.[마태오 복음서 5장 9절] 결국 평화를 만들어가는 것이 예수님이 뜻하는 소명이 분명합니다.

교만의 둑을
넘어
새로운 가능성을
향해

로마노 과르디니는 단순화하는 환원주의를 피하면서도 복잡한 갈등을 분석해 해결하는 놀라운 통찰을 나에게 보여주었습니다. 요컨대 긴장 관계에서는 크고 작은 차이가 있어 서로 떨어지려 하지만, 더 큰 단위에서는 모든 것이 공존하고 있다는 것입니다.

나는 독일에서 유학하며 과르디니를 연구했습니다. 그때 그의 이론을 근거로 명백한 모순이 식별을 통해 형이상학적으로 어떻게 해결될 수 있는가를 주제로 논문을 쓰려 했습니다. 수년 동안 공들였지만 논문을 완성하지 못했습니다. 그러나 그 논문을 준비하는 과정은 나에게 많은 도움이 되었습니다. 특히 긴장과 갈등을 관리하는 데 많은 도움이 되었습니다. 20년 후 2012년 내가 일흔다섯을 넘겼을 때 나는 부에노스아이레스 대주교를 사임하려 했고, 교황 베네딕토 16세도 허락할 것이라 생각했습니다. 그때 잠시나마 그 논문을 마무리짓고 싶다는 생각도 있었습니다. 그러나 2013년 3월 나는 다른 교구로 파송되었고, 결국 내가 그때까지 쓴 논문을 과르디니를 연구하는 한 사제에게 보냈습니다.[17]

갈등은 실질적으로 대립에 불과한 것을 모순되는 것으로 보는 결과를 낳기도 합니다. 대립은 긴장 관계에 있는 양극이 서로 밀쳐내는 상태를 뜻합니다. 지평과 한계, 지역과 세계, 부분과 전체 등이 대표적인 예입니다. 이들은 서로 긴장 관계에 있지만, 창조적이고 생산적으로 상호작용하기 때문에 대립 관계에 있는 것입니다. 과르디니의 가르침에 따르면, 창조에는 이런 살아 있는 극성極性들, 즉 게겐자츠Gegensätz들이 넘치고, 그런 극성들이 우리를 살아 있고 역동적으로 만듭니다. 반면에 모순Widerspruch은 우리에게 옳고 그름 사이에서 선택하라고 요구합니다. 참고로 선과 악은 결코 모순되는 것이 아닙니다. 악은 선과 대응

관계에 있는 것이 아니라 선의 부정이기 때문입니다.

대립을 모순으로 보는 현상은 우리를 현실로부터 떼어놓는 열등한 사고방식의 결과입니다. 악령, 즉 대화와 형제애를 약화시키는 갈등의 영이 대립을 모순으로 바꿔놓으며, 현실을 단순히 둘로 갈라놓고 우리에게 선택을 요구합니다. 이데올로그와 파렴치한 정치인들이 습관적으로 행하는 못된 짓입니다. 따라서 진정한 해결책에 다가가는 걸 방해하는 모순에 맞닥뜨리면, 그 모순에 감추어진 편협하고 환원주의적인 정신구조를 넘어설 수 있어야 합니다.

그러나 악령이 대립 관계에 있는 양극단 간의 긴장을 허용하지 않고, 일종의 정체된 공존을 선택할 수 있습니다. 그러면 상대주의나 '거짓 평화주의'의 위험에 빠질 수 있습니다. '평화주의'는 전적으로 어떤 형태의 갈등도 피하는 것을 목표로 하며, '어떤 대가를 치르더라도 평화'를 지키겠다는 태도입니다. 이런 경우에는 긴장 자체가 부인되며 포기되기 때문에 어떤 해결책도 있을 수 없습니다. 한마디로, 현실을 인정하지 않는 태도입니다.

따라서 우리는 두 종류의 유혹을 받습니다. 하나는 철

저히 나의 깃발만으로 무장하고 갈등을 심화시키라는 유혹이고, 다른 하나는 아예 갈등에 뛰어들어 관련된 긴장을 부정하며 관계를 끊으라는 유혹입니다.

하지만 화해자의 책무는 갈등을 정면에서 마주하며 '견디는 것'입니다. 또 식별을 통해 의견 충돌의 표면적 이유 너머를 보고, 관련된 사람들에게 새로운 통합의 가능성을 열어주는 것입니다. 새로운 통합은 양극의 어느 쪽도 말살하지 않고, 양쪽 모두에서 좋은 것과 유효한 것을 새로운 관점에서 찾아 보존하는 것입니다.

이런 돌파구는 대화의 선물로 생겨납니다. 사람들이 서로 신뢰하며 겸손한 자세로 함께 선을 추구할 때, 또 하느님의 은사를 서로 교환하며 서로에게 기꺼이 배우려할 때 이런 돌파구가 열립니다. 그런 순간에 우리를 힘들게 하던 문제의 해결책이 예기치 않게 떠오릅니다. 말하자면 새로운 창조적 발상의 결과가 밖에서부터 주어집니다. 이런 결과는 내가 '범람'이라 칭하는 것입니다. 우리 사고의 범위를 경계짓는 둑이 무너지며 범람한 연못에서 물이 넘치듯이, 전에는 대립으로 우리 눈에 보이지 않던 해결책들이 봇물처럼 쏟아지기 때문입니다. 우리는 이런 과정을 하느님의 선물로 인정해야 합니다. 성령이 그렇게 했다는 것이 성경에도 쓰여 있지만 역사에서도 입증되지 않습니까.

'범람'은 그리스어 perisseuo의 여러 뜻 중 하나입니다. 시편 작가가 시편 23장에서 하느님의 은총으로 술잔이 넘친다고 말할 때 이 단어를 사용했습니다. perisseuo는 우리가 용서할 때 우리 무릎에 쏟아질 것이라고 예수님께서 약속하신 것이기도 합니다.[루카 복음서 6장 38절] 또한 perisseuo는 요한 복음서 10장 10절에서 예수님을 통해 생겨난 생명을 뜻할 때는 명사로, 코린토 신자들에게 보낸 두 번째 서간 1장 5절에서 바오로가 하느님의 관대함을 묘사할 때는 형용사로 사용되었습니다. 아버지가 허겁지겁 달려가 방탕한 아들을 껴안았다는 이야기, 혼주가 길과 들에서 손님들을 불러와 큰 잔치를 베풀었다는 이야기, 밤새 그물을 헛되이 던졌지만 새벽녘에 그물이 찢어질 정도로 물고기를 끌어올렸다는 이야기, 또 예수님이 죽기 전날 밤에 제자들의 발을 씻어주었다는 이야기 등의 유명한 구절에서도 하느님의 마음이 범람합니다.

그런 사랑의 범람은 무엇보다 삶의 기로에서 일어납니다. 그때 우리가 마음을 열고 취약함을 드러내고 겸손하면, 하느님의 사랑이 우리 교만의 둑을 무너뜨리며 새로운 가능성을 상상하게 해줍니다.

차이를
인정하며
함께 걸어갑시다

교황으로서 내 관심사는 '공동 합의성synodality'이라는 오래된 관습에 새로운 활력을 불어넣어 교회 내에서 앞서 언급한 것과 같은 범람이 일어나도록 독려하는 것이었습니다. 나는 교회만이 아니라, 걸핏하면 합의를 이루어내지 못하고 교착상태에 빠지는 인류에게 봉사하는 뜻에서도 그 오래된 관습을 되살리고 싶었습니다.

'공동 합의성'이란 개념은 그리스어에서 '함께 걷기'를 뜻하는 '시노드syn-odos'에서 파생된 것으로, 그 뜻이 실제로 공동 합의성의 목표이기도 합니다. 합의를 억지로 만들어내는 것이 아니라, 높은 차원에서 차이를 인정하고 존중하며 조화를 이루려는 노력입니다. 각 의견의 좋은 점이 유지될 수 있다는 장점도 있습니다. 역동적인 '시노드', 즉 회의에서는 차이들이 표현되고 다듬어지며, 종국에는 완전히 일치된 합의는 아니더라도 각 의견의 장점을 유지하는 화합을 이루어냅니다. 음악에 비유하면 이해하기가 한결 쉬울 겁니다. 일곱 개의 음, 반음 올림표와 반음 내림표를 조합하여 각 음의 특이성을 그대로 살리면서도 멋진 음률을 빚어내지 않습니까. 음률에는 각 음의 아름다움이 내재해 있습니다. 그 결과는 복잡하면서도 아름답고, 우리 상상의 범위를 벗어나기도 합니다. 교회에서 그런 음률을 빚어내는 이는 성령이십니다.

나는 공동 합의성이 시작된 초대 교회의 모습을 재현해내고 싶습니다. 사도들이 의견이 갈리는 문제가 생기면, 함께 모여 그 문제를 해결하려고 애쓰지 않았습니까. 예컨대 '유대인이 아닌 사람도 그리스도인이 되면 할례 같은 유대 민족의 법과 관습을 지켜야 하는가?'라는 문제를 두고 그들은 토론하고 기도했고, 때로는 서로 얼굴을 붉힐 정도로 충돌하기도 했습니다. 그런 시간이 있은 후, 그들은 하느님이 비유대인을 통해 보여준 징표와 기적을 숙고한 끝에, 비유대인 그리스도인에게는 유대인의 법을 지우지 않는 것이 "성령과 우리에게 좋은 듯"이라는 결정을 내렸습니다.[사도행전 15장 28절]

그 결정은 역사의 흐름을 바꿔놓은 새로운 시작이었습니다. 하느님은 하나의 민족, 즉 유대 민족에게 구원을 약속했지만, 그리스도는 그 약속을 되살려내며 인종과 민족과 언어에 상관없이 모든 인류에게 구원을 약속했습니다. 이런 이유에서 그리스도교는 특정한 문화에 국한되지 않고, 그리스도교를 받아들인 민족의 문화는 더욱 풍요로워집니다. 그리스도교를 받아들인 민족들은 각각 고유한 문화를 통해 하느님의 은사를 경험하게 되고, 따라서 그들의 문화에는 교회가 추구하는 진정한 보편성Catholicity, 즉 다채로운 얼굴의 아름다움이 나타납니다.

시노드를 경험함으로써 우리는 차이에도 불구하고 함께 걸을 수 있습니다. 우리가 양 극단에서 위태로운 긴장 관계에 있으면서도 함께 걸을 수 있는 이유는 우리 모두가 진리를 추구하기 때문입니다. 교회의 역사를 보면, 공의회와 협의회를 통해 돌파구가 마련된 적이 많았습니다. 그러나 가장 중요한 것은 우리가 조금씩 다르더라도 같은 길을 함께 걸어갈 수 있게 해줄 수 있는 화합입니다.

지금 우리 사회에 절실히 필요한 것이 바로 이런 공동합의성의 접근 방식입니다. 팽팽하게 대치하며 전쟁을 선포하거나 상대를 꺾으려 하지 말고, 차이를 표현하고 들으며 상대를 억누르지 않고 함께 걸을 수 있을 정도로 상황을 무르익게 하는 과정이 필요합니다. 물론 어렵고 힘든 일입니다. 인내와 헌신이 필요합니다. 평화가 지속되려면 상대의 주장을 귀담아듣는 절차를 마련하고, 그것을 확고히 유지해야 합니다. 전쟁 무기가 아니라 함께 걷는 생산적인 긴장 관계를 통해 하나의 백성을 만들어가야 합니다.

이 숙제에는 중재자가 중요합니다. 분열을 예방하고, 당파를 초월해 모두가 함께 걷게 해주는 합의를 끌어내는 것이 법과 정치의 필수적인 역할입니다. 중재는 일종의 숙련된 기술이지만, 인간의 지혜가 발휘되어야 하는 부분이기도 합니다. 법과 정치에서 중재자의 역할은, 시노드에서 새로운 지평이 열릴 때까지 차이를 유지하게 해주는 성령의 역할과 유사합니다.

차이를 인정하면서도 화합을 성취하는 것은 우리가 유럽연합에서 기대하는 것이기도 합니다. 유럽연합은 어려운 시기를 겪었습니다. 회원국마다 의제와 관점이 달라 거래와 협상에는 언제나 분노가 따랐지만, 회원국들이 코로나19로 인한 긴급구제 프로그램에 대해 합의에 이르는 과정은, 일치점을 찾기 위한 전반적인 노력 내에서 차이를 조정하려는 시도의 모범적인 사례였습니다. 그래서 내가 이 과정을 공동 합의성에 비교하는 것이고, 이런 이유에서 교회에서의 경험이 크게는 바깥 세계에도 도움이 됩니다. 따라서 교회에서 어떻게 일이 진행되는지 눈여겨보면서 교훈을 얻을 수 있습니다.

정직한 토론과 경청을 위한 시간

내가 교황으로 선출된 이후로 지금까지 세 번의 시노드(교회회의)가 있었습니다. 가족과 젊은이와 아마조니아가 각 시노드의 주제였습니다. 각각의 시노드에 200명 이상의 주교와 추기경 및 평신도가 세계 각지에서 모여 3주 동안 협의했고, 협의가 끝나면 주교들이 투표로 최종적인 문서를 결정했습니다. 교황 성 바오로 6세께서 시작한 이 제도는 꾸준히 성장하고 발전했지만, 그 과정에서 새로운 문제도 제기되었습니다. 나는 향후에 '공동 합의성'을 주제로 한 시노드를 열고 싶습니다. 내가 지금까지 도입한 변화들 때문인지, 이곳 로마에서 2~3년을 주기로 시노드가 개최될 때마다 더 자유롭고 더 역동적인 면을 띠었고, 정직

한 토론과 경청을 위한 시간도 늘어났습니다.[18]

공동 합의성은 하느님의 백성 모두로부터 듣는 것에서 시작됩니다. 교회가 가르치기 위해서는 먼저 경청하는 교회가 되어야 합니다. 주 예수 그리스도는 좋은 종이 되는 법을 아셨기 때문에 훌륭한 주인이 되셨습니다.[필리피 신자들에게 보낸 서간 2장 6–11절] 교회의 모든 구성원에게 의견을 묻는 것이 필수적입니다. 제2차 바티칸 공의회가 우리에게 떠올려주었듯이, 모든 신자가 성령에게 기름부음을 받은 까닭에 "믿음에서 오류를 범할 수 없기" 때문입니다.[19]

따라서 로마에서 시노드가 개최되기 전에, 지역 교회에서 광범위하게 토론회와 협의회가 열리며 로마 시노드에서 심도 있게 논의해야 할 구체적인 주제와 관심사가 '예비 문서'의 형태로 정리되었습니다. 지역 협의회에 평신도와 전문가, 비가톨릭계 교파의 대표가 참여하며 다양한 목소리와 관점이 반영되는데, 이것이 올바른 식별에도 크게 기여합니다. 이런 식으로 우리는 첫 천년시대의 교회에서 중요하게 여겼던 "모두에게 영향을 미치는 것은 모두에 의해 검토되어야 한다"는 원칙을 준수합니다.[20]

이런 이유에서 많은 나라의 교회에서 이런 시노드 방법, 즉 공동 합의를 끌어내는 방법이 시행되고 있는 것을 보면 무척 기쁩니다. 예컨대 오스트레일리아에서는 수년 전부터 시작된 이 과정에 수십만 명이 참여해, 교회의 일원으로서 더 포용적이고 너그럽게 행동하며 기도에 열중하는 방법에 대해, 그리고 회심과 선교에 더 적극성을 띨 수 있는 방법에 대해 머리를 맞대고 논의하고 있습니다.

공동 합의성에 대해 말할 때, 가톨릭의 교리와 전통을 교회의 규범이나 관습과 혼동하지 않는 것이 중요합니다. 시노드에서 논의되는 것은 가톨릭교 교리의 전통적인 진리들이 아닙니다. 시노드의 주된 관심사는 '하루가 다르게 변하는 시대에 가르침을 어떻게 살리고 적용할 수 있는가' 입니다. 가족(2014년과 2015년), 젊은이(2018년), 아마조니아(2019년)를 주제로 한 세 번의 시노드는 까다로운 문제에 직면한 사람과 장소를 돌보는 새로운 방법을 제시하는 데 핵심적인 역할을 해냈습니다.

시노드에서 중요한 것은 성령의 역할입니다. 우리는 경청하고 함께 토론합니다. 그러나 우리가 가장 주목해야 하는 것은 성령께서 우리에게 어떻게 말씀하시느냐 하는 것입니다. 이런 이유에서 내가 모두에게 솔직히 말하고 타인의 말을 주의 깊게 경청하라고 부탁하는 것입니다. 성령 또한 타자로서 말하고 있기 때문입니다. 또 시노드는 변화와 새로운 가능성도 열어두기 때문에 누구에게나 회심을 경험할 기회이기도 합니다. 그런 기회는 시노드에서 기대하는 많은 변화 중 하나입니다. 말과 말 사이에 침묵이 있을 때 토론이나 대화에 참여한 사람들은 성령의 움직임을 더 잘 인식할 수 있게 되니까요.

시노드에서는 격렬한 토론이 이루어지는데, 이런 현상은 좋은 것입니다. 시노드에서는 다르게 생각하거나 특이한 의견을 제시하는 사람들에 대한 반응과 대응도 각양각색입니다. 모두가 똑같은 방식으로 반응하지는 않습니다. 의견이 충돌하면 공동 합의 과정에 참여한 여러 집단이 시노드 내부에 압력을 가하는 한편 시노드 밖에서는 다른 식으로 생각하는 사람들의 견해를 폄훼하거나 왜곡함으로써 자신의 의견을 관철시키려 하는 경우도 많이 있었습니다.

내 생각에는 이런 현상도 좋은 징조입니다. 성령이 존재하는 곳이면 어디에나 성령을 침묵시키거나 성령으로부터 멀어지려는 유혹이 있기 때문입니다. 성령이 존재하지 않는다면 그런 힘이 우리를 방해하려고 하지도 않겠지요. 지금까지 경험에 따르면, 시노드 회의장 안에서는 물론이고 바깥에서도 크고 작은 '소음'에 악령이 숨어 있는 걸 보았습니다. 시노드는 교리를 훼손하려는 음모라는 주장, 교회가 새로운 생각에 폐쇄적이란 주장 등이 잇달았습니다. 그런 주장들은 앞에서 언급한 외떨어진 양심의 징표이며, 악령이 좌절감에 빠졌다는 징표이기도 합니다. 악령은 유혹하는 데 실패하면 분노에 찬 비난을 내뱉기 마련이니까요. 그렇습니다. 악령은 자책하며 '자신'을 탓하는 법이 없습니다.

시노드 회의장에는 공동 합의 과정에 필연적으로 수반되는 유혹도 있습니다. 예컨대 진리를 독점적으로 해석하는 권한을 사칭하고, 다른 생각을 가진 사람들에게 압력을 가하거나 그들을 폄훼함으로써 교회 전체에 자신의 생각을 주입하고 싶은 유혹입니다. 어떤 참가자들은 교리가 위협을 받고 있다고 생각하며 자신이 교리의 수호자인 것처럼, 교리의 순수성에 대한 집착을 여실히 드러내는 강경노선을 성급히 취했습니다. 한편 복음이나 전통과 일치하지 않는 진보적인 기준을 역설하는 참가자들도 있었습니다. 어느 쪽이든 공동 합의 과정에서 다루어야 할 안건을 제시하고, 숨겨진 이데올로기를 드러낸 것이기 때문에 성령의 은사입니다. 이런 이유에서 공동 합의성을 언급할 때는 성령의 존재를 인정하며 성령과 함께하지 않을 수 없는 겁니다.

복음은 구원의 역사와 전통에 비추어 읽히고 해석되어야 합니다. 지금까지 그 생수의 원천에서 발굴되지 않는 보물을 찾아내고 강조하며 소중히 생각함으로써 복음에 대한 우리 이해를 높이는 데 도움을 줄 만한 도구는 많습니다.

사람들이 흔히 빠지는 또 다른 유혹은 시노드를 일종의 의회, 즉 한쪽이 지배력을 갖기 위해 반대편을 패배시켜야 하는 '정치적 다툼'이 끼어드는 의회로 생각하고 싶어하는 것입니다. 정치인이 그러듯이, 실제로 언론을 통해 경고

신호를 보내거나, 여론조사 결과를 언급하며 자신의 의견에 대한 지지 세력을 규합하려던 참가자들이 있었습니다. 이런 현상은 시노드가 공동체원들의 식별을 위한 공간이어야 한다는 원칙에 위배됩니다.

언론은 시노드를 하느님의 백성에게 그리고 더 넓은 세계에 알리는 데 핵심적인 역할을 합니다. 또한 교회가 직면한 난제와 쟁점을 사람들에게 알리고, 이해하도록 돕는 데도 중요한 역할을 합니다. 그러나 적잖은 경우에 언론인들은 대립과 양극화를 혼동하고, 시노드의 역동성을 단순화된 이분법으로 환원하는 잘못을 범합니다. 시노드가 대립하는 세력들 간의 마지막 결전인 것처럼 착각한 결과입니다. 시노드 회의장 안쪽의 분위기는 전혀 그렇지 않지만, 때때로 언론 기사가 결국에는 식별 능력을 훼손하고 약화시킵니다.

가족을 주제로 한 시노드에서 그런 현상이 있었습니다. 그 시노드의 목표는 교회의 건강한 전통을 미묘하게 해석함으로써 교회가 까다로운 문제들을 해결하는 것을 방해하는 '궤변적' 사고법을 넘어서는 것이었습니다. 예컨대 마태오 복음서 23장에서 예수님은 율법학자들의 궤변을 나무라십니다. 그런 식의 궤변을 사용해서 상황을 판단하면 현실의 복잡성을 올바로 파악하기가 더 힘들어지고, 복음을 기준으로 사람들을 지원하고 인도하려는 교회의 역량도 방해받기 마련입니다.

가족에 대한 시노드에서는 이혼자, 별거자, 재혼자에 대한 배려 및 그들과 성체의 관계라는 특별한 쟁점보다 훨씬 폭넓은 문제가 다루어지는 게 당연했고, 많은 사람들이 그렇게 생각했습니다. 하지만 언론이 그 시노드를 특정한 집단과 관련된 것이라 규정지음으로써 그 시노드의 전체적인 목표를 하나의 쟁점으로 축소하고 단순화해버렸습니다. 게다가 그 시노드가 이혼자와 재혼자에게 영성체를 허용하느냐 허용하지 않느냐를 결정하기 위해 소집된 것처럼 보도했습니다. 따라서 교회는 규칙을 완화해야 한다는 쪽과 엄격한 자세를 유지해야 한다는 쪽으로 여론이 양분되었습니다. 달리 말하면, 이런 여론의 추세를 반영한 언론 보도는 시노드가 넘어서려던 궤변론적 태도를 더욱 강화시킬 뿐이었습니다.

악령이 올바른 식별을 방해하며 찬반 중 어느 한쪽을 편들며 갈등을 완화하기는커녕 부추겼던 것입니다. 그 결과 공동 합의의 과정에서 무엇보다 중요한 영적인 자유가 위축되었습니다. 어느 쪽이든 자신이 옳다고 믿는 주장에 파묻히며 결국 그 주장의 포로가 되고 말았습니다.

하지만 결국에는 성령께서 우리를 구해주었습니다. 2015년 10월 가족을 주제로 한 2차 시노드가 끝나갈 때쯤 돌파구가 열렸습니다. 이번에는 범람이 성 토마스 아퀴나스에 대해 깊은 지식을 지닌 사람들, 특히 빈 추기경인 크리스토프 쇤보른에게서 시작되었습니다. 그들은 토마스 아퀴나스의 스콜라 철학적 전통에서 진정한 도덕적 교리를 되살리며, 궤변적인 도덕으로 추락한 퇴폐적 스콜라 철학으로부터 구해냈습니다.

사람마다 마주하는 상황과 환경은 각양각색이며 모든 경우에 적용될 수 있는 일반 법칙은 없다는 아퀴나스의 가르침 덕분에, 시노드는 각각의 사례에 따라 개별적인 식별의 필요성에 합의할 수 있었습니다. 교회법 자체를 바꿀 필요가 없었습니다. 교회법을 어떻게 적용하느냐를 바꾸는 것으로 충분했습니다. 각 사례의 특수성을 고려하고, 우리 삶에서 가장 중요한 부분에 관계하는 하느님의 은총을 경청함으로써 우리는 모든 것을 흑백으로 나누며 은총과 성장을 가로막는 이분법적 도덕주의에서 벗어날 수 있었습니다. 결국 규칙을 엄격하게 적용하자거나 느슨하게 적용하자는 것이 아니라, 어떤 범주에 깔끔하게 들어맞지 않는 상황들에 어느 정도 여지를 두고 규칙을 해석하자는 것이었습니다.

그 합의는 성령이 우리에게 가져다준 엄청난 돌파구로, 우리 전통의 범위 내에서 진리와 자비를 새로운 관점에서 더 낫게 통합한 것이었습니다. 교회법이나 교리를 바꾸지 않고 오히려 그 둘의 진정한 의미를 되살린 덕분에, 이제 교회는 동거자나 이혼자와 함께하며, 그들이 자신의 삶에서 하느님의 은총이 어떻게 일하는지를 지켜보면서, 교회의 가르침을 충만히 받아들이도록 더 잘 도울 수 있습니다. 2016년 4월 나는 시노드의 후속 자료로 발표한 '사랑의 기쁨'의 제8장을 쓸 때 아퀴나스의 순수한 교리를 근거로 삼았습니다. 하지만 아직도 시노드를 통한 공동 합의 과정을 받아들이는 것을 힘들어하는 사람이 적지 않은 듯 합니다. 결국 많은 사람이 궤변적 사고에 길들여져 있을 뿐만 아니라, 그들의 목적과 환상 및 이데올로기에 사로잡혀 교회의 전통이 보호하는 공동 합의 과정조차 인정하지 못한다는 징표가 아닐 수 없습니다.[21]

시노드에 보내는 하느님의 선물

2019년 10월에 열린 아마조니아에 대한 시노드에서도 부차적인 쟁점에서 유사한 양극화가 있었습니다. 하지만 안타깝게도 이번에는 아직까지 범람에 의한 결의안이 없습니다.

아마조니아를 주제로 한 시노드는 아마존 우림지역과 그곳 부족들에게 닥친 문제, 특히 우림지역의 파괴와 원주민 지도자들의 살해, 원주민들의 소외를 집중적으로 다루기 위해 개최된 것이었습니다. 물론 그곳에 세워진 교회가 겪는 어려움도 논제 중 하나였습니다. 하지만 언론계와 그 주변 사람들은 다시 공동 합의 과정 전체를 "교회가 자발적으로 기혼 남성, 이른바 '비리 프로바티viri probati(신앙이 검증된 기혼 남성)'를 사제로 서품해야 하느냐"라는 쟁점으로 축소해버렸습니다. 하지만 그 문제는 30쪽으로 이루어진 예비 문서에서 단 세 줄을 차지할 뿐이었습니다.

아마조니아 시노드가 그 쟁점에 관한 회의라는 환상에 지역의 중대한 현안들이 축소되고 단순화되고 말았습니다. 따라서 내가 2020년 2월 교황 권고 '사랑하는 아마존'을 발표했을 때 많은 사람이 실망했고, 한편으로는 "교황이 문을 열지 않았다"라고 안도했습니다. 그 지역의 생태와 문화, 사회와 전도 상황에 대해서는 누구도 관심이 없는 듯했습니다. 그 시노드는 '비리 프로바티'의 사제 서품을 인가하지 않았기 때문에 '실패'한 것입니다.

하지만 그 시노드는 많은 면에서 돌파구이기도 했습니다. 그 시노드는 우리에게 원주민들과 가난한 사람들 및 땅과 함께 지켜야 할 명확한 사명을 깨닫게 해주었습니다. 또 순전히 이익 때문에 살인과 파괴를 일삼는 세력으로부터 문화와 하느님의 창조물을 지켜야 한다는 목표도 세우게 해주었습니다. 아마조니아 시노드는 교회가 능동적인 평신도들의 도움을 받아 아마존 지역의 문화에 깊이 들어갈 수 있는 토대를 놓았습니다. 그 결과로 아마존 지역 주교회의가 설립되고, 많은 변화가 시작되었습니다. 그러나 이런 변화는 거의 보도되지 않았습니다. 아마조니아와 그곳 부족들이 다시 무시되고 잊힌 겁니다. 아마조니아 시노드가 하나의 특정한 쟁점을 해결하기 위해 소집된 것으로 보았던 언론의 보도와, 압력단체의 결정이 주된 원인이었습니다.

하지만 그 문제에 대한 최종적인 결론은 없었지만, 적어도 나는 전혀 예상하지 못했고 예비 문서에서도 전혀 거론되지 않았던 쟁점들이 부각되며 주목을 받았습니다. 이것도 공동 합의 과정에서 얻은 커다란 선물 중 하나로, 성령께서 우리가 잘못된 방향으로 가고 있으며, 우리가 그 쟁점의 문젯거리라고 생각하는 것이 실제로는 그렇지 않다는 걸 우리에게 알려주려고 일하신다는 증거입니다. 함께 걸으며 성령께서 교회에 말씀하시는 걸 귀담아듣는다는 것은, 순수한 모습으로 포장된 겉모습을 벗어던지고, 밀밭에서 자라는 가라지를 뽑아내겠다는 뜻입니다.[마태오 복음서 13장 24-30절]

표면화된 쟁점 중 하나는 국경선 내에 아마조니아를 품고 있는 아홉 개 국가에서 일하는 많은 사제가 그 지역의 선교사로 파송되는 걸 꺼린다는 것이었습니다. 그들은 유럽과 미국, 즉 생활 조건이 훨씬 편안한 외국으로 보내지기를 바랐습니다. 아마조니아 시노드에서는 그 국가들의 주교들이 사목 활동에서 시급히 해결해야 할 구체적인 쟁점, 즉 많은 사제의 마음속에 연대성과 선교 열정이 부족하다는 게 드러났습니다.

달리 말하면, 일부 지역에서 주일 미사가 열리지 않는 이유가 정식으로 서품을 받은 사제가 없기 때문이기도 하지만, 아마조니아에 대한 선교 열정이 부족하기 때문이었습니다. 이 때문에도 '비리 프로바티'가 필요했습니다. 이 쟁점을 단순히 유자격 성직자의 부재로 결론짓는다면 훨씬 더 복잡한 문제를 은폐한 것에 불과합니다.

아마조니아 시노드가 진행되는 동안, 나는 우리가 충분히 선교할 수 있지만 선교하려는 노력이 부족했던 지역이 적지 않다는 걸 알게 됐습니다. 이런 새로운 인식도 성령께서 그 시노드에 보낸 선물이라 할 수 있습니다. 하느님이 이미 우리에게 안겨주고 있던 은총을 이용하는 걸 방해하는 것들이 무엇인지 고민할 기회를 주었으니까요. 예컨대 '아마존 지역에 종신 부제終身副祭들이 충분하지 않은 이유가 무엇인가?'라는 의문을 품게 된 겁니다. 가정 교회에서는 말씀의 낭독과 강론이 가장 큰 위치를 차지한다는 걸 고려할 때 종신 부제는 정말 중요합니다. 특히 아마존에서는 남편과 아내와 자식들로 구성된 한 가족이 관계망의 중심에 있는 선교 공동체일 수 있습니다.[22]

아마조니아 시노드에서, 교회가 그곳 사람들과 함께하며 그들의 문화와 자연을 지키기 위해서는 그 지역 전체의 민초들을 키워야 한다는 게 분명해졌습니다. 그렇게 하려면 평신도들에게 결정적인 역할을 맡길 필요가 있습니다. 원주민의 언어와 풍습으로 복음의 좋은 소식을 널리 확산시키는 주된 역할이 평신도 교리 교사들에게 주어져야 한다는 뜻입니다. 이런 이유에서 나는 평신도들, 특히 그 지역에서 공동체의 대다수를 운영하는 여성들을 신뢰하고, 훗날의 많은 결실을 기대하며 아마조니아를 그런 식으로 선교하는 것이 중요하다고 생각합니다. 아마조니아 시노드에서 밝혀진 것들을 내 나름으로 읽어보면, 그것이 성령께서 가리키시는 것입니다.

하느님이 준비해둔 길

갈등에 휘말리면 균형감을 상실할 위험이 있습니다. 시야가 좁아지고, 성령이 우리에게 보여주는 길에도 들어서지 못합니다. 때로는 함께 걷는다는 것이, 의견 충돌을 그대로 유지하며 나중에 더 높은 차원에서 해결되기를 기대한다는 뜻이 됩니다. 이때 시간이 공간보다 우월하고, 전체가 부분들보다 크게 느껴집니다. 나 자신의 내적 식별이 그랬지만, 그런 식별에 반영된 교황 권고에 많은 사람이 실망하는 반응을 보였습니다. 좀 더 자세히 설명해보겠습니다.

공동 합의 과정에서 실망과 패배감은 선한 영의 징표가 아닙니다. 실망과 패배감은 충족되지 않은 약속에서 생겨

나는 것이고, 주님은 항상 약속을 지키시기 때문입니다. 물론 공동 합의 과정 밖에서 느끼는 실망은 선한 영에 속할 수 있습니다. 우리가 선택한 길이 올바른 길이 아니라는 걸 주님은 그런 식으로 우리에게 알려주기 때문입니다. 예컨대 우리가 재밌을 것이라 생각하고 무엇인가를 했지만 나중에 시간 낭비에 불과했다는 걸 알게 될 때 느끼는 실망과 유사한 것이라 생각하면 됩니다. 그러나 공동 합의 과정에서의 그런 실망은 어떤 협의 일정에 대한 실망일 가능성이 큽니다. 구체적으로 설명해보겠습니다. 여러분이 무엇인가를 이루어내고 싶지만 그 바람을 이루지 못하면 기분이 좋지 않을 겁니다. 여러분이 옳을 수 있지만 확실하지는 않습니다. 그러나 그 과정에는 시간이 걸리고, 성숙함과 인내와 결정을 요구합니다. 씨를 뿌리는 사람과 수확하는 사람이 다를 수 있다는 뜻이기도 합니다. 결국 여러분은 하느님의 은총을 받아들이지 않고, 자신의 바람에 계속 사로잡혀 지낸다는 뜻입니다.

아마조니아 시노드에 실망했다는 사람들의 푸념을 들을 때마다, 나는 "그래도 우리가 새로운 사목의 길을 개척하지 않았는가? 특별히 전문적이지 않은 영역에서는 어떤 구체적인 교회 문화를 신뢰하고, 그 문화의 성장을 허용할 필요성을 성령께서 우리에게 보여주지 않았던가?" 라고 생각합니다. 교회의 어떤 부분에서 특별한 요구가 있더라도, 성령께서는 그 요구를 채우기에 충분한 선물을 이미 충분히 쏟아내주었기 때문에 우리는 받기만 하면 됩니다. '사랑하는 아마존'의 제94항에서 말했듯이, 우리는 새로운 가능성에 마음의 문을 열어야 합니다. 특히 그 지역의 교회 공동체들에서 눈에 띄게 활동하는 여성 리더십을 공식적으로 인정할 필요가 있습니다. 기혼 남자에게 사제직을 허용해야 하느냐는 논란이 많은 문제로 시야를 좁히면, 안타깝지만 성령과 관련된 모든 징표들은 쉽게 퇴색될 수 있습니다.

나는 옛 교회가 경험한 공동 합의성을 되살리고 싶습니다. 우리가 함께 걸으며 시대의 징표를 읽고, 성령이 가리키는 새로운 것들에 마음을 열면, 옛 교회가 경험한 공동 합의성으로부터 적잖은 교훈을 얻을 수 있을 겁니다.

첫째, 우리는 서로 존중하며 경청하는 자세가 필요합니

다. 이데올로기와 미리 결정된 의제에 얽매여서는 안 됩니다. 목표는 의견이 다른 사람들이 경쟁을 통해 합의를 이루어내자는 게 아닙니다. 차이가 조화를 이루도록 함께 노력하며 하느님의 뜻을 구하자는 것입니다. 무엇보다 중요한 것은 시노드 정신입니다. 요컨대 서로 존중하고 신뢰하며 만나고, 하나가 될 수 있다고 믿으며, 성령께서 우리에게 드러내려는 새로운 것을 받아들이는 것입니다.

둘째, 때때로 그 새로운 것은 범람을 통해 논란이 많은 문제를 해결한다는 걸 뜻합니다. 돌파구는 대체로 최후의 순간에 열리고, 그때 불일치하던 마음들이 합해지며 우리는 앞으로 전진하게 됩니다. 그러나 범람은 우리에게 사고방식과 시각을 바꾸고, 경직된 절차와 의제에서 벗어나 전에는 관심을 갖지 않았던 부분을 눈여겨보라고 촉구하는 것일 수도 있습니다. 하느님은 항상 우리보다 앞서 있어, 우리를 놀라게 하십니다.

셋째, 시노드는 인내가 필요해서 지금처럼 조바심하는 시대에는 쉽지 않은 과정입니다. 그러나 코로나19로 인한 봉쇄의 시간에, 우리는 그 과정에 접근하는 방법을 적잖게 배운 것 같습니다.

19세기 아르헨티나에서는 '카우디요caudillo'로 알려진 강력한 지역 지배자들 간의 전쟁이 잦았던 때가 있었습니다. 그때 앞이 보이지 않을 정도로 쏟아지는 폭우를 맞으며 퇴각하던 카우디요에 대한 이야기가 지금도 간혹 언급됩니다. 그는 하늘이 갤 때까지 노영하라는 명령을 내립니다. 그러나 그 명령은 입에서 입으로 전해지는 과정에서 더 깊은 의미를 띠게 되었고, 결국 그의 병사들이 악조건을 이겨낼 수 있는 지혜, 더 나아가 시련과 갈등의 시대에 적합한 조언이 되었다는 겁니다.

갈등하는 와중에도 식별력을 유지하려면, 때때로 함께 노영하며 하늘이 맑게 개기를 기다려야 합니다.

시간은 주님의 것입니다. 주님을 믿고, 용기 있게 앞으로 전진하며, 식별을 통해 하나가 되고, 우리를 향한 하느님의 꿈을 찾아내 실행해야 합니다. 하느님이 우리를 위해 준비해둔 길을 찾아내고, 그 길을 걸어가야 합니다.

시간은 주님의 것입니다.

주님을 믿고 용기 있게 앞으로 전진하며,

식별을 통해 하나가 되고,

우리를 향한 하느님의 꿈을 찾아내

실행해야 합니다.

하느님이 우리를 위해 준비해둔 길을 찾아내고,

그 길을 걸어가야 합니다.

3
부

행동할 시간

모든 것을 밝게 보여주는 현재의 순간을
헛되이 흘려보내서는 안 됩니다.
코로나 바이러스 위기에 대응하여
우리가 백성으로서의 존엄을 회복하고,
우리 기억을 되살리며,
우리 뿌리를 기억하는 데
적절히 행동하지 못했다는 말이 향후에
나오지 않도록 해야 합니다.

존엄성을 회복하는 길

위기와 고난의 시대를 맞아 우리 몸에 익은 습관이 흔들릴 때, 하느님의 사랑이 찾아와 우리를 정화하고, 우리에게 하나의 백성이라고 다시 말해줍니다. 우리는 한때 하나의 백성이 아니었지만 이제는 하느님 백성입니다.[베드로의 첫째 서간 2장 10절] 하느님의 친밀함이 우리를 불러 모읍니다. 인도 시인 라빈드라나트 타고르는 "그대는 나를 이끌어 알지 못하는 친구들과 어울리게 하셨습니다. 그대는 먼 곳을 가깝게 하셨고, 낯선 이와 내가 형제가 되게 하셨습니다"라고 노래했습니다.[23] 이번 행동의 시간은 우리에게 일체감을 회복하라고 요구합니다. 우리가 하나의 백성에 속해 있다는 걸 알아야 한다고 촉구합니다.

'하나의 백성'이라는 게 무슨 뜻일까요? 이것은 생각의 한 범주이고 신비로운 개념입니다. 그렇다고 공상이나 신화라는 뜻은 아니며, 보편적 진리를 손으로 만질 수 있고 눈으로 볼 수 있게 만드는 특별한 것이란 의미입니다. '백성'이란 신비로운 범주는 많은 것에 근거를 두고 있습니다. 역사와 언어, 특히 음악과 춤과 관련된 문화를 근거로 하지만, 무엇보다 집단 기억과 지혜에 근거를 둡니다. 그 기억이 하나의 민족을 뭉치게 해주고, 그 기억은 역사와 풍습, 종교적이거나 그렇지 않은 전례, 또 객관적이고 합리적인 것을 초월하는 끈에 담겨 있습니다.

백성의 이야기는 언제나 존엄과 자유의 추구로 시작되고, 결국에는 투쟁하며 연대감을 높여간다는 이야기입니다. 이스라엘 백성의 경우에는 이집트에서의 노예 상태에서 탈출하는 엑소더스, 로마인의 경우에는 도시의 설립이 있었습니다. 남아메리카 국가들의 경우에는 독립을 위한 투쟁이 있었습니다.

한 국민이 투쟁의 시기에 전쟁과 역경을 통해 공유된 존엄성을 자각하게 되듯이, 그 자각을 망각할 수도 있습니다. 심지어 고유한 역사조차 잊어버릴 수 있습니다. 평화와 번영의 시기에는 민족이 단순한 대중으로 해체되고, 그들을 하나로 묶어주는 원칙까지 망각할 위험이 있습니다.

이런 사태가 벌어지면, 중심이 주변부를 희생시키며 살아갑니다. 또 국민이 여러 종족으로 갈라져 경쟁하고, 착취당하고 무시당하는 사람들은 불의에 분노하며 끓어오를 수 있습니다. 자신을 국민의 구성원이라 생각하지 않고, 지배력을 차지하려고 경쟁하며 대립을 모순되는 것으로 바꿔갑니다. 이런 상황에서 사람들은 자연계를 더 이상 보살펴야 할 유산으로 생각하지 않기 때문에, 권력자는 조금도 망설이지 않고 자연으로부터 최대한 많은 것을 뽑아내려 합니다. 무관심과 이기주의, 편안히 현실에 안주하는 문화, 사회의 깊은 내홍과 그에 따른 폭력 사태와 같은 현상이 바로 국민으로서 존엄성을 상실했다는 징표입니다. 이는 국민의 존재 자체를 믿지 않는 지경에 이르렀음을 의미합니다.

국민이 이렇게 약화되고 분열되면, 온갖 형태의 식민지화에 쉽게 먹잇감이 됩니다. 그러나 외세에 의해 점령되지 않은 경우에도 국민은 본래의 존엄성을 일찌감치 포기하며, 역사의 주인공이 되는 걸 중단하기도 합니다.

하지만 때때로 닥치는 큰 재앙이 그들이 원래 자유롭고 하나의 존재였다는 기억을 되살립니다. 예언자들이 백성들에게 진정으로 중요한 것, 즉 그 백성이 처음에 사랑하던 것을 다시 기억하게 해주면, 열정적인 추종자들이 갑자기 생겨납니다. 시련의 시간은 백성들을 안팎에서 억압하는 것이 전복되고 새로운 자유의 시대가 시작될 수 있는 가능성을 열어줍니다.

그런 재앙에 우리가 잠깐 동안 균형을 잃고 휘청댈 수 있지만, 얄궂게도 그런 재앙 덕분에 사람들이 기억을 회복하고, 그 결과 행동하는 역량과 희망까지 되살릴 수 있습니다. 여러 위기에서 입증되었듯이, 우리 인간은 힘에 맹목적으로 휘둘리지 않고 오히려 역경 속에서 행동합니다. 재앙이 닥치면 우리가 한없이 취약한 존재라는 것이 드러납니다. 우리가 마음대로 계획하고 우선순위를 정할 수 있도록 지켜준다고 생각하던 안전망이 허울에 불과하다는 것도 밝혀집니다. 또한 공동체의 삶을 지켜주며 강화해주던 것을 우리가 무시하며 살았고, 우리가 무관심과 현실 안주라는 거품 속에서 무기력해져 있었다는 것도 드러납니다. 동시에 반복되는 불안과 좌절에 시달리면서도 새로운 것에 끝없이 매혹되고, 정신없이 바쁜 삶에서도 인정받고 싶은 욕망에 사로잡힌 채 주변의 고통에 관심을 기울이지 못했다는 것도 깨닫게 됩니다.

그런 고통에 대한 반응에서 우리의 진정한 성격이 측정됩니다.

우리가 백성으로서 존엄한 존재였다는 기억을 되살릴 때, 우리에게 진정한 삶의 방식을 알려주었던 신비로운 범주를 대체한 실질적인 범주들이 오히려 부적절하다는 걸 깨닫기 시작할 겁니다. 광야를 떠돌던 이스라엘 백성은 주님이 그들에게 약속한 자유보다 황금 송아지라는 실용주의를 더 좋아했습니다. 이 시대에도 사회는 각자 최선의 이익을 추구하는 개인의 결합체에 불과하고, 백성의 하나됨은 객쩍은 거짓말에 불과하며, 시장과 국가의 힘 앞에 우리는 무력한 존재이고, 삶의 목적은 이익과 힘을 얻는 데 있다는 말이 곳곳에서 들려옵니다.

그러나 이제 폭풍이 밀려오고, 우리는 그렇지 않다는 걸 알게 되었습니다.

모든 것을 맑게 보여주는 현재의 순간을 헛되이 흘려보내서는 안 됩니다. 코로나19의 위기에 대응하여 우리가 백성으로서의 존엄을 회복하고, 우리 기억을 되살리며, 우리 뿌리를 기억하는 데 적절히 행동하지 못했다는 말이 향후에 나오지 않도록 해야 합니다.

⚜

때때로 닥치는 큰 재앙이 그들이
원래 자유롭고 하나이던 존재였다는
기억을 되살립니다.
시련의 시간은 백성들을 안팎에서
억압하는 것이 전복되고
새로운 자유의 시대가 시작될 수 있는
가능성을 열어줍니다.

국민은
여럿이 모여
하나됨을 이룹니다

'백성'이란 용어, 즉 국민은 언어에 따라 대조적이면서도 함축된 의미를 지닐 수 있습니다. 이데올로기에 이용되고, 당파 정치에 끊임없이 시달린 '백성'이라는 말은 전체주의나 계급투쟁의 색채를 띨 수 있습니다. 우리 시대에 '백성'이란 말은 포퓰리즘의 배타적인 수사에서 교묘하게 이용됩니다. 따라서 내가 '백성'을 어떤 뜻에서 사용하는지 명확히 해둘 필요가 있을 것 같습니다.

백성은 국가와 같은 게 아닙니다. 그렇다고 국가라는 실체가 중요하지 않다는 것은 아닙니다. 국가country는 지리적인 실체이고, 국민 국가nation-state는 법적인 뼈대를 기초로 한 실체입니다. 그러나 국가의 경계와 구조는 변할 수 있습니다. 지리적 국가는 전쟁으로 영토를 빼앗겨도 재건될 수 있고, 국민 국가는 법적인 위기를 겪더라도 다시 일어설 수 있습니다. 그러나 백성의 일부라는 감정이 상실되면, 그것은 회복하기가 무척 어렵습니다. 그 상실은 수십 년에 걸쳐 진행되며, 마음을 교류하는 우리 능력을 약화시킵니다. 우리가 조상으로부터 물려받은 기준이 희미해지면, 하나의 백성으로 함께하며 더 나은 미래를 만들어가는 능력도 사라지기 마련입니다.

하나의 백성이라는 감정은 형성될 때와 똑같은 방법으로만 회복될 수 있습니다. 투쟁과 역경을 함께하는 것입니다. 백성은 언제나 통합의 열매입니다. 마음의 교류가 전제된 것이 백성이고, 이질적인 요소들이 융합되어 만들어진 것, 즉 부분보다 더 큰 전체가 백성입니다. 백성 사이에도 커다란 의견 충돌과 차이가 있을 수 있습니다. 그러나 백성은 목표를 공유하며 함께 걷고, 그렇게 미래를 만들어갈 수 있습니다. 백성은 관행에 따라 집단으로 모이고, 조직화됩니다. 또 경험과 희망을 함께 나누고, 공통된 운명의 부름을 듣습니다.

아르헨티나 사람들은 자신들이 앞으로 나아갈 길을 파악하는 특별한 재주, 즉 당면한 문제의 해결책을 '직감적으로 알아내는' 능력이 있는 듯하다고 합니다. 이렇게 우리가 하나의 국민이 되려면, 우리를 하나로 묶어주는 더 큰 어떤 것, 즉 공유하는 법적이고 지리적인 정체성으로 환원될 수 없는 것을 인정해야 합니다. 조지 플로이드의 죽음에 반발하는 시위에서 우리는 그 현상을 보았습니다. 서로 전혀 몰랐던 많은 사람들이 건강한 분노로 하나가 되어 거리로 쏟아져 나와 시위를 하지 않았습니까. 이런 순간에는 여론만이 아니라, 국민 감정, 즉 국민의 '영혼'이 드러납니다. 사회가 지속적으로 쇠락하더라도 모든 사람의 마음속에는 생존을 위한 투쟁, 인간의 존엄성을 지키려는 욕망, 자유를 사랑하는 마음, 정의와 창조에 대한 관심, 가족과 축제를 향한 사랑과 같은 본원적인 가치를 끝까지 지키려는 본능이 있기 때문입니다.

이렇게 말하는 게 이상하게 들릴 수 있겠지만, '국민에게 하나의 영혼이 있다'는 것은 사실입니다. 우리가 어떤 국민의 영혼에 대해 말한다면, 곧 그 국민이 세계를 보는 관점, 즉 '자각awareness'에 대해 말하는 것과 같습니다. 그런 자각은 경제 체제나 정치 이론의 결과가 아니라, 그 국민의 역사에서 중요한 순간에 형성된 성격의 결과입니다. 그 중요한 순간들이 그 국민들에게 강력한 연대감과 정의감 및 노동의 중요성에 대한 인식 등을 심어줍니다.

사람들은 기도하면서 건강과 일, 가족과 학업을 간구합니다. 또한 편안하게 휴식할 수 있는 공간, 그럭저럭 살아가기에 충분한 돈, 이웃과의 원만한 관계, 가난한 사람들을 위한 새로운 기회를 간구하기도 합니다. 이런 바람은 혁명적인 것도 아니고, 고상한 것도 아닙니다. 그러나 정의正義가 있을 때 그런 바람이 이루어진다는 걸 누구나 알고 있습니다.

결국 국민은 개인의 결합체만이 아닙니다. 국민은 논리적인 단위도 아니고 법적인 단위도 아닙니다. 개개인을 통합하는 어떤 원칙을 공유한 결과물입니다. 물론 국민을 어떤 개념이나 패러다임으로 규정하며 여기에서부터 저기까지를 국민이라고 정의하거나, 법적 혹은 합리적으로 정의해볼 수 있습니다. 또 어떤 특정한 국민을 고유한 문화나 특징으로 분석할 수도 있습니다. 예컨대 프랑스 국민이나 미국 국민을 규정짓는 것에 적절한 이름을 붙이는 식으로 말입니다. 그러나 이런 시도는 궁극적으로 아무 소용이 없습니다. 어떤 민족을 연구 대상으로 삼는다는 것은 국외자가 된다는 것이므로, 결국 그 민족을 시야에서 놓친다는 뜻입니다. '백성'은 논리적인 개념이 아니기 때문에 그 영혼과 마음, 역사와 전통에 들어가려면 직관적으로 접근할 수밖에 없습니다.

백성, 즉 국민은 각각의 차이를 유지하면서도 그 차이들을 조화롭게 짜맞추어 교향곡을 빚어내는 것과 같은 범주입니다. 국민에 대해 말하는 것은 학문계, 도덕계, 종교계, 정치계와 경제계, 문화계 어느 집단에서나 엘리트 계급을 양성하려는 끝없는 유혹에 해독제를 제공하기 위해서입니다. 엘리트주의는 주님이 이 땅에 주었던 풍요로움을 축소하고 제한하며, 모두가 공유하는 선물이 아니라 소수가 차지하는 소유물로 전락시킵니다. 계몽된 엘리트도 자신의 기준을 강요하고, 그 과정에서 그들의 사회적 지위와 도덕 수준, 이데올로기에 부합하지 않는 사람들을 배척하고 경멸한다는 점에서 결국에는 마찬가지입니다. 우리는 너무도 오랫동안 이런 환원주의에 시달리고 고통받았습니다.

국민에 대해 말하는 것은 다양성을 인정하면서도 하나됨을 추구하는 것입니다. 라틴어로는 '에 플루리부스 우눔e pluribus unum(여럿이 모여 하나)'이라고 할 수 있습니다. 예컨대 이스라엘의 열두 부족이 하나의 공동축을 중심으로 모여 하나의 민족이 되었지만, [신명기 26장 5절] 각 부족의 고유한 특성을 포기하지는 않았습니다. 요컨대 하느님의 백성은 여느 인간 집단에서 정상적으로 존재하는 긴장 관계를 받아들이며, 굳이 어느 한 요소를 강조하여 그 긴장 관계를 해소하려고 하지 않았습니다.

역시 백성이란 범주를 설명하는 게 쉽지 않다는 걸 다시 실감합니다. 무엇보다 우리가 배제와 차별화로 어떤 범주를 정의하는 데 익숙해졌기 때문인 듯합니다. 이 때문에 나는 '신비주의적 범주'라는 원형적 용어를 사용하는 걸 더 좋아합니다. 더구나 이 용어는 실재하는 것을 다른 식으로 설명하는 방법, 즉 배척과 차별화 및 변증법적 대립이 아니라, 내가 범람이라 칭하는 잠재력들을 통합하는 방식으로 무엇인가를 새롭게 정의할 수 있도록 해주기 때문입니다.

이번 팬데믹만이 아니라 오늘날 우리를 괴롭히는 모든 질병으로 인한 어려움에 맞서 우리가 하나인 것처럼 대응할 수 있다면, 우리 삶과 사회가 더 나은 방향으로 바뀔 것입니다. 이런 주장은 단순한 아이디어가 아니라, 우리 모두에게 자멸적인 고립인 개인주의를 포기하라고 촉구하는 것이기도 합니다. 달리 말하면, 나만의 '작은 연못'을 넘어 내가 속하지만 내 너머에도 존재하는 현실과 운명이라는 널찍한 강으로 흘러들어가는 초대이기도 합니다.

섬김으로
우리를
구원하는 길

내가 말하는 '국민의 존엄성'은 그 국민의 '영혼', 즉 그 국민이 세계를 바라보는 방법에서 비롯되는 자각을 뜻합니다. 국민의 존엄성은 어디에서 비롯되는 걸까요? 그 존엄성은 국부國富나 전쟁에서의 승리에서 비롯되는 걸까요? 이런 성취는 자부심, 더 나아가 교만의 원인이 될 수 있습니다. 그러나 인간의 존엄성, 심지어 지독히 가난한 사람들, 더없이 가련한 사람들, 노예 같은 삶을 사는 사람들의 존엄까지도 모두 하느님의 친밀함에서 비롯됩니다. 한 민족에게 존엄성을 부여하고, 그들을 일으켜 세우며, 희망의 지평을 열어주는 것은 하느님의 사랑과 친밀함입니다. 이런 의미에서 이스라엘 백성을 자세히 들여다보는 것도 도움이 되리라 생각합니다. 이스라엘 백성은 지금 우리가 고민하는 문제의 원형이지 않습니까.

성경에서 몇 번이고 반복되는 이야기가 있습니다. 하느님은 모세에게는 친밀함을 드러내 보이고, 영원한 사랑을 약속하고 서약하며 이스라엘 민족을 구원합니다. 아브라함에게는 항상 이스라엘 백성을 가까이에서 지켜보며 그들과 함께 걷겠다고 약속합니다. 하느님이 그들을 돌본다는 것을 확신한 까닭에 유대인들은 자신들의 존엄을 자각하며 앞으로 전진할 수 있었습니다. 또한 가난한 사람들을 돌보고 강력한 기관을 세웠으며, 고결한 영혼을 이루어낼 수 있었습니다. 그러나 그 자각을 상실한 순간, 다시 말해 이스라엘이 하느님의 선물이던 주님의 법을 저버렸을 때,[역대기 하권 12장 1절] 이스라엘은 분열되고 불평등한 사회로 추락했습니다.

성 바오로는 예수 그리스도를 향한 믿음의 증거를 보여달라는 요청을 받았을 때, 하느님이 이스라엘 민족에게 보여준 친밀함의 역사를 간략히 정리했습니다.[사도행전 13장 13-21절] 스테파노가 순교하기 전에도 그랬습니다.[사도행전 7장

1-54절] 하느님의 기름부음을 받은 자로서, 그리고 구원 이야기의 한 축으로서, 그리스도께서는 그 구원을 이스라엘 백성에게서 모두에게로 확대하셨습니다. 따라서 제2차 바티칸 공의회는 교회를 '하느님의 백성', 즉 성령의 은총으로 기름부음을 받은 백성으로 묘사했습니다. 성령은 지상의 모든 민족의 모습을 하고 있으며, 각 민족은 그 자체로 고유한 문화와 많은 얼굴을 갖고 있습니다.

예수님은 유대인에게 주어진 은총과 약속과 구원의 역사에서 잉태되셨습니다. 예수님의 이야기는 하느님이 찾아와 가까이 다가오고 함께 걸음으로써 자신의 존엄함을 자각하게 된 어떤 민족의 이야기입니다. 예수님이 내려오신 까닭에 이스라엘 백성은 하느님의 친밀함을 다시 기억하며, 그 약속의 존엄함까지 되새길 수 있었습니다. 로마에 의해 점령당하지 않았더라도 그들이 자신들의 존엄함을 자각하지 못했다면 이스라엘 백성은 노예 상태에서 벗어나지 못했을 것입니다.

예수님은 말과 행동으로 하느님의 친밀함을 드러내 보이며, 이스라엘 민족의 존엄성을 회복시켰습니다. 누구도 혼자서는 구원받지 못합니다. 고립은 우리 믿음에 부합하지 않습니다. 하느님은 우리를 복잡한 관계망에 끌어들이며, 우리를 역사의 교차로 한복판에 밀어넣습니다.

따라서 그리스도인이라는 것은 자신이 어떤 백성, 즉 다양한 민족과 문화로 표현되지만 인종과 언어의 모든 경계를 초월하는 백성의 일원이라는 것을 안다는 것입니다. 하느님의 백성은 국가라는 더 넓은 공동체에 속한 일원으로서 그 국가를 섬기고, 그 국가가 정체성을 형성해가는 걸 지원하는 동시에 다른 종교적이고 문화적인 기관의 역할들을 존중하는 공동체입니다. 그러나 교회가 위기의 시대에 떠맡아야 할 특별한 역할이 있다면, 그 백성에게 본연의 영혼을 일깨워주며 공동선을 존중해야 할 필요성을 다시 상기하게 해주는 것입니다. 예수님이 그렇게 하셨습니다. 예수님은 하느님의 백성에게 하느님에 대한 소속감과 서로의 연대감을 더해주고 강화하려고 오셨습니다. 그 때문에 하느님 나라에서 가장 중요한 사람은 자신을 낮추며 다른 사람, 특히 가난한 사람을 섬기는 사람입니다.[마태오 복음서 20장 26-27절]

교회는 많은 얼굴을 가진 백성이며, 문화권에 따라 무수히 많은 방법으로 이 진실을 표현합니다. 이런 이유에서 복음화는 각 지역의 고유어로 이루어져야 한다는 게 내 생각입니다. 말하자면, 할머니가 손자녀에게 자장가를 불러줄 때 사용하는 단어와 소리로 복음이 전파되어야 한다는 뜻입니다.

교회는 하느님의 뜻에 따라, 역사에서 그리고 구체적인 장소에서 그곳의 언어로 체화된 하느님의 백성이 됩니다. 물론 하느님의 백성, 또 예수님의 소명은 문화와 지리의 모든 경계를 넘어섭니다. 교회의 소명은 하느님의 백성을 지향하는 것이지만, 어떤 국가에게나 그들의 목적을 대체하는 인류 모두를 위한 공동선이 있다는 걸 깨우쳐주는 것도 교회의 소명입니다. 언제나 전체는 부분보다 크고, 하나가 되면 갈등을 초월할 수 있습니다.

이런 이유에서 그리스도인은 항상 개인의 권리와 자유를 옹호하지만 결코 개인주의자일 수는 없습니다. 그리스도인은 애국심으로 조국을 사랑하고 섬기지만, 국가주의자가 되지는 않습니다.

그리스도교의 확고한 중심은 본질적인 선언, 즉 '케리그마kerygma'입니다. 케리그마는 하느님이 나를 사랑했고, 나를 위해 자신을 내던졌다는 뜻입니다. 예수 그리스도의 죽음과 부활, 십자가에 못 박히며 예수 그리스도가 보여준 사랑은 우리에게 선교하는 제자가 되라는 부름이며, 우리에게 서로 더 큰 인간 가족의 형제자매가 되라는 초대, 특히 고아처럼 외로움에 시달리는 사람들에게 형제나 자매가 되라는 초대입니다. 진복팔단과 마태오 복음서 25장이 우리에게 말하듯이, 구원의 원칙은 우리가 주변 사람들에게 행하며 입증하는 동정compassion으로 완성됩니다.

이런 의미에서 성경은 아벨의 운명에 대하여 "제가 아우를 지키는 사람입니까?"라고 말하는 카인의 무관심과, 탈출기 3장에서 모세에게 "나는 … 내 백성이 겪는 고난을 똑똑히 보았고, … 울부짖는 그들의 소리를 들었다. … 그래서 내가 그들을 구하려고 내려왔다"라고 대답하는 야훼를 뚜렷이 대조해 우리에게 보여줍니다. 하나는 무관심의 표본이고, 다른 하나는 백성의 삶에 개입해서 그들을 섬기고 구원하겠다는 단호함의 표현입니다.

이 때문에 교회는 이 땅에서 존엄과 자유를 지키기 위해 싸우는 사람들에게 언제나 친밀함을 보여주어야 합니다. 교회가 세워진 어떤 문화에서든 교회는 그곳 사람들, 특히 가장 가난한 사람들의 눈물과 희망을 자신의 것으로 삼아야 합니다. 교회는 그곳 사람들의 일부가 되어 그들과 함께 걸으며 그들을 섬기고, 그들이 스스로를 조직화할 것이므로 가부장적인 태도로 함부로 그들을 조직화하려고 나서서는 안 됩니다.

만약 여러분이 나에게 그리스도교가 잘못된 방향으로 가는 징후 중 하나가 무엇이냐고 묻는다면, 나는 주저없이 "우리가 하나의 백성에 속해 있다는 걸 망각하는 것"이라 대답할 것입니다. 도스토예프스키의 《카라마조프 가의 형제》에서 조시마 신부가 말하듯이, "구원은 사람들로부터 오는 것"입니다.[24] 자신을 하느님 백성보다 위에 둔다는 것은 주님이 이미 자신의 백성에게 성유를 부어주며 일으켜 세웠다는 걸 망각한 것입니다.

자신을 국민 위에 두는 생각은 결국 도덕주의와 법률 만능주의, 교권주의와 위선적 형식주의 등 엘리트주의적 이데올로기로 치닫기 마련입니다. 따라서 하느님의 백성에 속한다는 게 얼마나 즐거운 것인지를 전혀 모릅니다. 교회의 역할은 주님과 이 땅의 사람들을 섬기는 것입니다. 교회는 그들을 지배하고, 그들에게 군림하기 위해서가 아니라, 그들의 발을 씻어주기 위해 이 땅에 보내진 것입니다.

현재의 위기는 우리가 소속감을 회복하는 계기일 수 있습니다. 소속감을 회복해야만 우리는 다시 역사의 주체가 될 것입니다.

지금은 형제애와 연대성의 윤리를 회복하고, 신뢰와 소속감을 통한 유대를 되살려야 할 때입니다. 우리를 구원하는 것은 아이디어가 아니라 마음의 교류이기 때문입니다. 타인의 얼굴만이 우리 안에서 가장 좋은 면을 일깨울 수 있습니다. 우리는 다른 사람을 섬길 때 우리 자신을 구원할 수 있습니다.

⚜

지금은 형제애와 연대성의 윤리를 회복하고,

신뢰와 소속감을 통한

유대를 되살려야 할 때입니다.

우리는 다른 사람을 섬길 때

우리 자신을 구원할 수 있습니다.

혼자서는 구원받을 수 없습니다

이번 위기가 지난 후에 더 나은 존재가 되려면, 우리가 하나의 백성으로 공통된 목표를 갖는다는 걸 재인식해야 합니다. 이번 팬데믹은 우리에게 누구도 혼자서는 구원받지 못한다는 걸 다시 떠올려주었습니다.

우리를 하나로 묶어주는 것은 흔히 연대성이라 불리는 것입니다. 관대함에서 비롯된 행동도 무척 중요하지만, 연대성은 그 행동을 넘어서는 것입니다. 연대성은 우리가 상호의존이란 끈으로 묶여 있다는 현실을 받아들이자는 부름입니다. 든든한 연대성을 기초로 할 때 우리는 다르지만 더 나은 미래를 만들어갈 수 있습니다.

자유주의든 포퓰리즘이든 현대의 정치적 담론에는 안

타깝게도 이런 이해가 부족합니다. 서구 정치계의 지배적인 세계관에서 사회는 이해 당사자들이 공존하며 모인 곳에 불과합니다. 이런 세계관에서는 공동체와 문화의 유대를 중요시하는 언어가 의심됩니다. 우리 주변에는 내외적으로 적으로 인식되는 대상에 초점을 맞춘 이데올로기에 '국민'이란 단어를 억지로 끌어다 맞추는 방식으로 그 뜻을 왜곡하는 세계관도 얼마든지 있습니다. 다양한 형태로 표현되는 포퓰리즘이 대표적인 예입니다. 전자의 세계관이 원자화된 개입을 칭송하고 부추기며 형제애와 연대성의 여지를 허락하지 않는다면, 후자의 세계관은 국민을 얼굴이 없는 대중으로 격하하면서도 그들을 대표한다고 주장합니다.

최근 눈에 띄는 것은 신자유주의적 사상이 정치적 논쟁이나, 재화의 보편적 목적과 공동선에 대한 중요하고 실질적인 토론에서 멀어진 것입니다.[25] 요즘 신자유주의적 사상이 근본적으로 관심을 두고 있는 것은 효율적인 시장 관리와 정부 통제의 최소화입니다. 그러나 경제의 주된 목적을 이익에 두는 한, 지구의 자원은 모두를 위한 것이며 몇몇 소수를 위한 것이 아니라는 사실을 쉽게 망각하게 됩니다.

이익에 집착할 때, 무모한 경제적 이익단체들과 권력의 과도한 집중으로부터 국민을 보호하려는 기관들이 약화됩니다. 사회적 갈등이 증가하는 원인은 대체로 불평등과 불공평에 있지만, 더 근원적인 원인은 너덜너덜 닳아 없어진 소속감에 있습니다. 원자화된 사회는 불평등이 사회에 미치는 영향에 관심을 두지 않기 때문에 결코 내적으로 평온할 수 없습니다. 따라서 오늘날 형제애는 우리가 새롭게 되살려야 할 중요한 과제입니다.

자유주의를 표방한 단체들이 개인을 국가와 시장에 대해 철저히 자율적인 개인으로 이해하면, 기관과 전통을 의심의 눈으로 볼 수밖에 없습니다. 하지만 '본능'이란 표현이 적합할지 모르지만, 여하튼 그와 비슷한 형태로 존재하는 어떤 것 때문에 우리는 가족과 공동체 및 그 역사에 지금도 여전히 이끌리는 것입니다. 우리가 삶의 의미를 발견하는 곳, 우리가 신뢰와 연대성의 가치를 배우는 것은 시장이 아니라, 사회에서 가족을 필두로 중재적인 역할을 하는 조직입니다. 이런 이유에서 나는 젊은 세대를 풍요로운 전통에서 떠나게 만들고, 젊은 세대에게서 역사와 문화와 종교적 유산을 빼앗는 미디어 문화가 극히 우려스럽습니다. 이렇게 뿌리를 상실한 사람은 지배하기가 무척 쉬워지니까요.

종교적 신념이나 그와 유사한 신념은 세상을 독특하게 바라보는 통찰력을 줍니다. 그런 신념에서 선행이 시작되고, 사회 전체를 강하게 해줄 수 있는 신념, 예컨대 연대하고 봉사하겠다는 확신을 더해줍니다. 종교적 신념은 시장에서는 결코 기대할 수 없는 것을 경험하는 화합의 공간이기도 합니다. 구체적으로 말하면, 피고용자나 소비자로서의 가치만이 아니라 인간으로서의 가치를 경험할 수 있는 곳입니다.

배경과 신념이 제각각인 사람들이 모이더라도, 공동 합의를 끌어내기 위한 대화를 시작하면 놀라운 합의를 이루어낼 수 있습니다. 관련된 사람들이 공동선을 염려하는 마음이 같다면, 철학적이고 신학적인 성격을 띤 의견 충돌, 예컨대 종교 단체들 간의 의견 충돌, 세속 단체와 종교 기관 간의 의견 충돌도 공동의 목표를 추구하기 위해 하나가 되는 데 장애물이 될 수 없습니다. 경직성과 근본주의가 일부 기관에 존재하는 것은 사실이지만, 그런 기관들은 애초부터 이런 대화에 참여하지 않으니까요.

공동체를 위한 '사회적' 시장경제를 위하여

자유방임적이고 시장중심적인 접근에서는 목적과 수단이 뒤섞입니다. 노동이 존엄의 근원으로 여겨지기는커녕 생산의 도구에 불과한 것이 됩니다. 더 좋은 상품을 만들어내서 이익을 얻으려는 것이 아니라 이익 자체가 목적이 됩니다. 이런 이유에서 우리는 시장에 좋은 것이 사회에도 좋은 것이란 잘못된 믿음에 동의하게 되는 것입니다.

그렇다고 내가 시장 자체를 비난하는 것은 아닙니다. 도덕과 경제가 분리되는 현장을 비난할 뿐입니다. 모두가 부유해지려면 부의 자유로운 흐름을 방해해서는 안 된다는 말도 안 되는 주장을 비난하는 것입니다. 이런 주장을 논박하는 현상은 우리 주변 어디에나 있습니다. 시장을 자유롭게 방치하자, 엄청난 불평등과 생태적 훼손이 뒤따랐습니다. 자본이 사회경제적 체제를 지배하는 우상이 되자, 우리는 서로 불화하며 가난한 사람을 배척하고, 우리 모두가 공유하는 지구를 위험에 빠뜨렸습니다. 한마디로 우리는 자본의 노예가 되었습니다. 그리스도교의 초기 신학자이던 카이사리아의 바실레이오스가 돈을 "악마의 배설물"이라고 칭한 것은 조금도 놀랍지 않습니다.

신자유주의 경제에는 성장 이외에 다른 실질적인 목표가 없습니다. 하지만 시장의 힘만으로는 우리에게 필요한 목표를 성취할 수 없습니다. 달리 말하면, 지금까지 경제로부터 배척되고 피해를 입은 사람들의 요구를 들어주는 동시에 더 냉정하고 더 지속 가능하게 살아감으로써 우리는 자연계를 되살릴 수 있습니다. 연대성의 원칙을 받아들이지 않으면, 이번 위기를 겪고 나서도 우리는 더 나아지지 않을 것입니다.

시장은 재화를 교환하고 유통하기 위한 수단이자 우리가 성장하고 번창할 수 있게 해주는 관계를 구축하기 위한 수단입니다. 또 시장은 기회를 확대하기 위한 수단이기도 합니다. 그러나 시장에는 자제력이 없습니다. 시장이 공동선을 위해 작동하게 하려면 법과 규제가 필요합니다. 자유시장은 압도적 다수, 특히 실질적으로는 어떤 선택권도 없는 가난한 사람들에게는 결코 자유롭지 않습니다. 이런 이유에서 교황 요한 바오로 2세께서 '사회적' 시장경제에 대해 말씀하셨습니다. '사회적'이라는 단어를 덧붙인 것은 시장경제를 공동체의 차원으로 끌어올리기 위함이었습니다.

내가 말하는 연대성은 소외된 사람들을 돕기 위한 박애사업이나 재정적 지원의 촉구를 넘어서는 것입니다. 연대성은 단순히 식탁에서 빵부스러기를 나누는 것이 아니라, 식탁에 모두가 앉을 공간을 만드는 것이기 때문입니다. 인간의 존엄을 위해서는 마음의 교감, 재화의 공유와 증대, 모두를 위한 모두의 참여가 필요합니다.

또 외면해서는 안 될 쟁점은 인간의 유약함, 즉 자신의 편협한 이익에 매몰되는 성향입니다. 이런 이유에서 우리에게 필요한 것은 성장에 집중하는 수준을 넘어서는 경제, 인간의 존엄성과 일자리, 생태계의 재생을 중심에 두는 경제입니다. 인간의 존엄을 지키기 위해서는 재화의 축적을 허용하는 데 그치지 않고, 누구나 좋은 일자리와 주택, 교육과 건강을 누릴 수 있는 경제가 필요합니다.

'이익 제일주의' 경제는 사회적 목표도 없이, 공동선이 아니라 '유동적 경제liquid economy'의 투기꾼들을 섬기는 정실 자본주의crony capitalism(정치와 경제 관료들의 유착으로 경제 성장의 혜택이 특정 집단에게 집중되는 불공정한 경제 체제-옮긴이)를 키웠습니다. 담보 중심의 금융제도, 법인세 회피를 위한 조세 피난처를 제공하는 역외 지역들, 이해관계자들을 희생시키면서 주주의 이익을 극대화하기 위해 기업에서 가치를 뜯어내는 금융기관들, 속임수로 일관된 파생상품과 신용부도 스와프Credit Default Swap(부도가 발생하면 채권을 발행한 회사의 손실 일부나 전부를 벌충해주는 보험 성격의 신용 파생상품-옮긴이) 등 모든 것이 실물 경제에서 자금을 빨아들이고, 건강한 시장을 약화시키며, 역사적으로 전례가 없을 정도로 불평등을 심화시키고 있습니다.

오늘날 사회적 권리에 대한 자각과 실질적인 기회의 분배 사이에는 커다란 괴리가 있습니다. 수십 년 전부터 크게 확대된 불평등은 성장을 위한 단계가 아니라 성장의 동력을 꺼뜨리는 원인이자, 21세기에 창궐한 많은 사회악의 근원이 되었습니다. 세계 인구의 1퍼센트가 세계 부의 거의 절반을 차지하고 있습니다. 시장은 점점 더 도덕성과 멀어지고, 경쟁과 이익을 무엇보다 우선시함으로써 그렇잖아도 복잡한 시장이 혼란에 빠졌습니다. 그 결과 소수가 부를 독점하고, 다수는 가난과 박탈에 시달립니다. 무수한 사람들이 희망마저 빼앗겼습니다.

흔히 우리는 사회를 경제의 부분 집합으로, 민주주의를 시장 기능으로 생각해왔습니다. 이제 사회가 본연의 질서를 회복하고, 인간적이라 칭할 만한 삶을 보장하는 수단을 찾아야 할 시간입니다. 기업의 중요성을 부정하지는 않지만 주주 가치를 넘어, 우리 모두를 구원하는 다른 종류의 가치들, 예컨대 공동체와 자연을 보호하고 유의미한 일을 제공하는 데 기업의 목표를 두어야 합니다. 이익을 낸다는 것은 기업이 건강하다는 징표이지만, 이익을 측정하는 기준으로 사회적이고 환경적인 목표도 고려할 수 있어야 합니다.

또한 국가 기관을 관리하고 개선하기 위한 운동을 하는

데 그치지 않고, 미덕을 고양하고 새로운 유대를 만들어갈 수 있는 정치관도 필요합니다. 내가 자주 말하는 것처럼 대문자 P로 시작되는 정치Politics, 다시 말해 공동선을 위한 큰 정치를 되살려내야 합니다. 큰 정치는 사회적 상황으로 곤경과 곤란을 겪는 가난한 사람들을 위한 소명입니다.

국민에게 교육과 의료만이 아니라 3L, 즉 토지land와 주택lodging과 일자리labor를 안정적으로 제공하겠다는 소명의식으로 불타는 정치인들이 필요합니다. 달리 말하면, 국민이 스스로 조직화해 자신의 목소리를 낼 수 있는 새로운 방법을 제시하는, 넓은 시야를 지닌 정치인이 필요하다는 뜻입니다. 국민을 이용하지 않고 국민을 섬기는 정치인, 국민과 함께 걸으며 이웃이란 냄새를 물씬 풍기는 정치인이 필요합니다. 이런 정치라면 어떤 형태의 부패도 해독할 수 있는 최고의 해결책이 될 것입니다.

우리 시대에는 선한 사마리아인에 대한 예수님의 비유에서 영감을 얻는 정치인과 리더가 필요합니다. 그 비유에서 우리는 우리의 소명과 사명을 실천하기 위해 어떻게 살아가야 하는가에 대한 교훈을 얻습니다. 우리가 그 이야기에서 궁극적으로 얻는 교훈은 결국 관심의 문제입니다. 길가에 버려진 사람을 보고도 어떤 사람은 그냥 가던 길을 계속 갑니다. 그 상황과 아무런 관계도 없다는 생각에 그들은 현상 자체를 무시하고, 아무 일도 없었던 것처럼 발길을 재촉합니다. 이런저런 생각과 합리화를 거듭하며 그들은 그냥 지나갑니다.

이런 문제는 우리 주변에 언제나 있습니다. 가난은 수치심에 감추어집니다. 따라서 가난을 제대로 보고 이해하려면, 또 가난이 어떤 것인지 느끼기 위해서는 가까이 다가가야 합니다. 멀리서 보면 가난이 무엇인지 제대로 알 수 없습니다. 접촉해봐야 합니다. 알아보고 가까이 다가가는 것, 그것이 첫걸음입니다. 두 번째 걸음은 실질적이고 즉각적으로 응답하는 데 있습니다. 자비라는 구체적인 행위는 언제나 정의로운 행위이기 때문입니다.

그러나 우리가 단순한 복지주의로 추락하지 않으려면, 즉 처음의 두 가지 조치에서 끝나지 않고, 필요한 구조적 개혁까지 시도하려면 세 번째 단계가 필요합니다. 진정성 있는 정치란 당사자들과 함께하고, 그들의 문화와 존엄성을 존중하며, 그들의 도움을 받아 필요한 개혁을 설계하는 것입니다. 상대를 내려다봐도 괜찮은 유일한 때는 그를 일으켜주려고 손을 내밀 때입니다. 언젠가 내가 몇몇 종교인들과 나눈 대화에서 말했듯이, "문제는 가난한 사람에게 먹을 것을 주고, 헐벗은 사람에게 옷을 주며, 병든 사람을 방문하는 게 아니라, 가난한 사람과 헐벗은 사람, 병든 사람, 죄수와 노숙자에게도 우리와 함께 식탁에 앉아 우리와 '마음 편히' 어울리며 가족의 일원과 같은 존엄성이 있다는 걸 인정하는 것입니다. 그런 마음이 하늘나라가 우리 안에 있다는 징표입니다."[26]

코로나19 이후의 세계에서는 기술관료적 경영주의나 포퓰리즘으로는 충분하지 않을 겁니다. 국민에 뿌리를 두고, 국민이 자체적으로 구성한 조직에 열린 마음을 갖는 정치만이 우리 미래를 바꿔갈 수 있을 것입니다.

사람과 벽돌 중에 하나를 선택해야 할 시간

경제 주체로서 개인이든 국가든 부의 축적이 주된 목적이 되면, 우리는 일종의 우상을 숭배하는 게 됩니다. 우상은 언제나 우리를 옭아매는 법입니다. 얼마나 많은 여성과 아이들이 권력과 쾌락과 이익을 위해 착취를 당하고 있습니까! 우리 형제자매들이 은밀한 창고에서 노예로 지내고, 밀입국자라는 이유로 매음굴에서 착취를 당하고 있습니다. 이런 부당함이 어린아이에게 적용되는 경우에는 상황이 더욱 처참합니다. 이 모든 것이 소수의 이익과 탐욕 때문입니다.

인신매매는 우리 세계를 병들게 하는 다른 전지구적 질병, 예컨대 무기와 마약 밀매, 야생생물과 장기 매매와 밀접한 관계가 있습니다. 권력자들이 연루되지 않으면, 수천 억 달러가 거래되는 그 방대한 네트워크는 존재할 수 없습니다. 국가도 그 네트워크에는 힘을 쓰지 못하는 듯합니다. 새로운 정치, 즉 시민 사회에 뿌리를 두고 관련된 문제에 정통한 기관과 조직을 국가 자원으로 지원하는 정치만이 이런 문제에 대응할 수 있을 겁니다.

인간은 존엄한 존재이기 때문에 이민자와 난민을 위한 안전한 통로가 있어야 합니다. 그래야 그들이 무서워하지 않고 죽음의 공간에서 안전한 공간으로 이동할 수 있을 테니까요. 수많은 이민자가 위험한 바다를 건너고 사막을 지나면서 죽어갑니다. 그런 죽음을 방치하며, 이민을 차단하는 것은 몹쓸 짓입니다. 훗날 주님은 우리에게 그런 죽음 하나하나에 대한 책임을 물으실 겁니다.

코로나19로 인한 봉쇄로 지금까지 감추어져 있던 현실 하나가 드러났습니다. 저임금 이민자들은 선진국에서도 기본적인 욕구를 충족하지 못한다는 것입니다. 그들에게는 안전하고 괜찮은 일자리를 얻을 권리조차 제대로 인정되지 않습니다. 이민은 전 세계적인 쟁점입니다. 누구도 조국을 타의로 떠나서는 안 됩니다. 그러나 이민자가 국경을 건너기 위해 인신매매자들의 손에 맡겨져야 한다면 우리는 두 배로 잘못을 범하는 것이고, 그들이 더 나은 미래를 꿈꾸며 도착한 땅에서 무시받고 착취당하며 노예로 전락한다면 세 배로 잘못을 범하는 것이 됩니다. 자신과 가족을 위해 더 나은 삶을 찾아온 사람들을 따뜻하게 환영하고 보호하며 사회의 일원으로 통합하는 것은 우리의 의무입니다. 물론 이민자들을 환영하고 통합하기 위해서는 정부가 그들의 능력을 신중하게 평가할 필요도 있을 것입니다.

노예제도와 사형제도는 한때 용인되는 것이었습니다. 심지어 그리스도 국가로 여겨지던 사회에서도 용인되었습니다. 다행히 시간이 지남에 따라 삶의 성덕聖德이 성장하고, 그에 대한 이해가 깊어진 덕분에 오늘날 그리스도인의 양심은 정상을 되찾았습니다. 이제 노예제도와 사형은 용인되지 않지만, 근절되지는 않았습니다. 노예제도는 은밀히 지속되고, 사형제도는 일부 선진국에서도 사법제도의 일환으로 공개적으로 시행되며 그리스도인까지도 사형을 합리화하려 합니다. 그러나 2015년 미국 의회에서 내가 말했듯이, "정의롭고 필수불가결한 처벌에도 희망과 재활이라는 목표를 배제해서는 안 됩니다."[27]

교황이 그 문제를 다시 거론한다고 짜증을 내는 사람도 많겠지만, 매년 낙태로 태어나지도 못한 채 버려지는 3,000~4,000만의 생명에 대해서도 침묵할 수만은 없습니다.[28] 선진국을 자처하는 많은 지역에서 태아가 장애인이거나 계획하지 않은 임신이라는 이유로 낙태가 습관적으로 시행되는 걸 보는 것은 정말 가슴 아픕니다.

인간의 생명은 결코 짐이 아닙니다. 인간의 생명은 우리에게 공간을 마련해달라고 요구하는 것이며, 버려도 괜찮다고 말하는 것이 아닙니다. 물론 어려움에 처한 새로운 생명은 자궁에서 태어나지 않은 아이든 국경을 넘는 이민자든 간에 우리에게는 문젯거리이고, 우선순위까지 바꾸라고 요구합니다. 하지만 우리는 낙태와 국경 폐쇄로 우선순위의 재조정을 거부하며 경제적 안정을 지키거나, 부모가 되면 삶의 순서가 뒤집힐 거라는 두려움을 누그러뜨리기 위해 인간의 생명을 희생시킵니다. 낙태는 극도로 부정한 행위입니다. 낙태할 권리를 자주권이라 주장하는 것은 조금도 적법하지 않습니다. 내 자주권을 위해 타인의 죽음을 요구한다면, 내 자주권은 쇠우리에 불과한 것입니다. 그래서 나는 이런 두 가지 질문을 나 자신에게 던집니다. 문제를 해결하겠다고 인간의 생명을 제거하는 게 옳은 것일까요? 문제를 해결하겠다고 암살범을 고용하는 게 옳은 것일까요?

적자생존이라는 신다윈설이 이익과 개인 주권을 중시하며 어떤 제약도 없이 시장의 지원을 받아 우리 문화에 파고들며 우리 마음을 강팍하게 만들었습니다. 기술관료적 패러다임이 성공적으로 성장하며 무고한 생명들이 희생되고 있습니다. 아이들이 길에 버려지고, 저임금에 노동력을 착취당하는 노동자들이 햇빛도 받지 못한 채 일하고, 기업은 주주들의 배당금을 위해 자산을 수탈당해 노동자들을 해고합니다. 난민들은 일할 기회를 얻지 못하고, 노인들은 열악한 시설의 요양원에 운명을 맡기고 있습니다.

선임 교황 바오로 6세는 1968년의 회칙 '인간 생명'에서, 교육을 받고 권력을 쥔 사람들이 지배력을 행사할 수 있는 대상으로 인간 생명을 대하려는 유혹에 대해 경고하셨습니다. 지금 보면, 선임 교황의 메시지에 담긴 예언적 경고가 놀랍기만 합니다! 요즘에는 허약하거나 열등하다고 여겨지는 태아를 걸러내기 위한 목적에서 출생 전 검진이 빈번하게 통용됩니다. 반대로 삶의 끝자락에서는 안락사가 정상이 되어, 일부 국가에서는 의사의 도움을 받는 자살법이 공공연히 시행되고, 그 밖의 곳에서는 노인을 방치하는 형식으로 은밀히 시행되고 있습니다.

우리는 이렇게 생명 경시가 심화된 원인을 직시해야 합니다. 공동선을 고려한 공공정책을 배제함으로써 다른 모든 가치와 기준점을 배척하는 지경까지 개인의 자주권을 권장하기에 이르렀습니다. 사회가 모든 인간의 존엄성에 뿌리를 두지 않는다면, 어떤 제약도 받지 않는 시장의 논리에 따라 하느님의 선물로 받은 생명은 상품으로 전락하고 말 것입니다.

창세기 11장에 쓰인 바벨탑 이야기에 대한 12세기의 '미드라시midrash', 즉 주해서가 있습니다. 바벨탑은 그 탑을 쌓은 사람들이 자존심을 여지없이 드러낸 기념물이었습니다. 탑을 쌓는 데는 엄청나게 많은 벽돌이 필요했고,

그 벽돌을 만드는 데도 많은 비용을 들여야 했습니다. 주해서를 쓴 랍비의 지적대로, 벽돌이 하나라도 떨어지면 엄청난 비극이 뒤따랐습니다. 모든 작업이 중단되었고, 벽돌을 만드는 데 태만한 일꾼은 본보기로 심한 매질을 당했습니다. 그러나 일꾼 하나가 죽으면 어떻게 됐을까요? 작업은 중단 없이 계속되었습니다. 잉여 노동자, 즉 일할 순서를 기다리던 노예들 중 하나가 그 자리를 즉시 대신해서 탑은 끊임없이 계속 올라갔습니다.

벽돌과 노동자 중 어느 것이 더 소중했을까요? 끝없이 탑을 올리던 상황에서, 어느 것이 소모성 잉여물로 여겨졌을까요?

요즘에는 어떻습니까? 주된 기업의 점유율이 조금만 떨어져도 뉴스거리가 됩니다. 전문가들은 그 현상이 무엇을 뜻하는지 끝없이 언급하고 또 언급합니다. 그러나 노숙자가 텅 빈 호텔의 뒷골목에서 동사한 채 발견되거나, 많은 사람들이 굶주려도 그 현상에 주목하는 사람은 거의 없습니다. 설령 그 소식이 뉴스로 소개되더라도 우리는 안타깝다고 고개를 저으며 자신의 일을 계속할 뿐, 마땅한 해결책을 찾으려 하지 않습니다.

예수님은 이런 의도에서, 우리에게 하느님과 돈을 동시에 섬길 수는 없다고 말씀하셨던 것입니다. 우리 사회에서 그렇듯이 삶에서도 돈을 중심에 둔다면 주변이 희생될 수밖에 없습니다. 요컨대 인간이 어떤 대가를 치르고, 환경이 어떤 피해를 입더라도 탑은 계속 올라가야 합니다. 그러나 우리가 인간의 존엄성을 중심에 둔다면 자비와 배려에서 새로운 논리가 형성될 것이고, 그때 진정으로 가치 있는 것이 적절한 곳에서 회복될 것입니다.

우리 사회를 희생의 문화, 즉 적자생존과 일회성 문화에 맞추시겠습니까, 아니면 자비와 배려의 문화에 맞추시겠습니까? 사람과 벽돌, 둘 중 하나를 선택해야 할 시간입니다.

두려움과 증오의 정치를 뛰어넘어

최근 들어 우후죽순처럼 등장하는 포퓰리즘적 정책의 뒤에는 깊은 고뇌가 있습니다. 많은 사람이 세계화되며 비대화된 무자비한 테크노크라시(기술이나 과학적 지식으로 사회나 조직의 사상 결정에 중요한 영향력을 행사할 수 있는 권력-옮긴이) 세력에 의해 떠밀려났다고 생각한다는 것입니다. 포퓰리즘을 흔히 세계화에 대한 저항으로 묘사하지만, 더 정확히 말하면 무관심의 세계화에 대한 저항입니다. 실제로 우리는 포퓰리즘에서 뿌리와 공동체의 상실에 따른 고통만이 아니라 일반화된 고뇌의 감정도 읽을 수 있습니다. 하지만 두려움을 자극하고 공포심을 확산시킨다는 점에서 포퓰리즘은 그렇게 일반화된 고통을 악용할 뿐이지, 고통의 치유책이 되지는 않습니다. 특히 포퓰리즘적 지도자는 민족이나 집단의 정체성을 옹호하려고, '타자'를 부정하는 잔혹한 미사여구를 입버릇처럼 쏟아냅니다. 야심찬 정치인이 권력을 잡으려고 동원하는 수단과 다를 바가 없습니다.

오늘날 포퓰리즘적 지도자의 말을 듣고 있으면, 나는 1930년대가 떠오릅니다. 당시는 민주주의가 거의 하룻밤 사이에 독재로 추락하던 시대였습니다. 국민이 안팎의 적에게 사방에서 위협을 받는 배제의 대상으로 전락하면서 그 단어에 담긴 의미조차 상실했던 때였습니다. 요즘에 그런 현상이 다시 눈에 띕니다. 특히 포퓰리즘에 기댄 지도자가 군중에게 장광설을 늘어놓으며 그들을 자극하는 집회에서 더더욱 그렇습니다. 그런 지도자는 상상의 적에 대한 증오와 원한을 불러일으키며, 국민들이 실질적인 문제에서 눈을 돌리게 만듭니다.

포퓰리즘은 국민의 이름으로, 국민에 속한 사람들의 참여를 인정하지 않고, 특정한 집단에게 민심의 진정한 해석자라는 훈장을 달아줍니다. 국민이 더는 국민이 아니고,

한 정당이나 선동가에 의해 조종되는 무력한 집단으로 전락합니다. 독재 정부는 거의 언제나 이런 식으로 시작됩니다. 국민의 마음속에 두려움을 심어주고, 그 후에는 미래를 결정하는 권한을 포기하는 대가로 국민을 그 두려움의 대상으로부터 지켜주겠다고 제안합니다.

예를 들어 보겠습니다. 그리스도인이 다수인 국가에서 '국가를 앞세운 포퓰리즘'은 이슬람이나 유대인, 유럽연합이나 유엔 등 무엇이든 간에 적으로 인식되는 대상으로부터 '기독교 문명'을 지키자는 환상을 심어줍니다. 그런 호소는 종교심이 깊지 않더라도 국가적 유산을 일종의 정체성이라 생각하는 사람들의 마음을 겨냥합니다. 그들의 두려움과 정체성 상실이 심화되며, 교회 출석률이 추락한 것은 사실이니까요.

하느님과의 관계와 보편적 형제애의 상실도 소외감과 미래에 대한 두려움의 확산에 분명히 기여했습니다. 따라서 타인에 대한 증오와 두려움이 복음과 전혀 화합하지 않다는 것에는 개의치 않고, 비종교인이나 피상적인 종교인도 자신의 종교적 정체성을 지키기 위해 포퓰리스트의 주장에 동조할 것입니다.

그리스도교의 중심에는 만민을 향한 하느님의 사랑, 이웃, 특히 곤경에 빠진 사람을 향한 우리의 사랑이 있습니다. 이민자의 종교적 믿음이 무엇이든 간에 그리스도교 문화를 더럽힐 것이란 두려움에 살려고 발버둥치는 이민자를 거부하는 행위는 그리스도교의 문화를 잘못 해석하는 것입니다. 이민은 그리스도교에 대한 위협이 아닙니다. 그렇게 주장해서 이익을 얻는 사람들이 그렇게 목소리를 높이고 있을 뿐입니다. 복음을 전파한다면서 낯선 사람일지라도 곤경에 빠진 사람을 환영하지 않고, 모든 인류를 하느님의 자녀로 인정하지 않는다면, 그리스도교의 고유한 특성을 내버린 채 허울뿐인 그리스도교 문화를 권하는 것과 같습니다.

군중과 함께 주변으로 간다는 것

인간의 존엄성을 회복하려면, 우리 사회의 주변에 가서 그곳에서 살아가는 사람들을 만나봐야 합니다. 그곳에는 세상을 완전히 새로운 눈으로 보는 방법들이 감추어져 있습니다. 우리가 세계 인구의 3분의 1에 해당하는 그들을 그저 자원으로 보며 계속 무시한다면 새로운 미래를 꿈꿀 수 없습니다.

정규적인 일자리가 없이, 시장경제의 주변부에서 살아가는 사람들을 말하는 것입니다. 그들은 경작할 땅이 없는 농민이거나 소규모 자작농, 최저임금에 시달리는 어부이거나 저임금에 노동력을 착취당하는 노동자, 쓰레기 청소부이거나 노점상, 거리의 화가, 빈민가 거주자이거나 불법 거주자입니다. 선진국에서도 그들은 허드렛일에 종사하며, 일정한 거처가 없는 경우가 많고, 집이 있더라도 환경이 열악하기 그지없으며, 깨끗한 식수와 음식을 제공받지도 못합니다. 따라서 그들과 그들의 가족은 온갖 취약한 조건에서 힘겹게 살아갑니다.

하지만 우리가 선입견을 버리고 그들에게 가까이 다가가면, 그들의 대다수가 결코 수동적인 피해자가 아니라는 사실을 알게 됩니다. 세계적으로 연대하고 있는 협회와 난체로 조직된 그들은 배척과 무관심의 시대에도 연대가 가능하다는 희망을 보여주고 있습니다. 내가 알기에는 우리 사회의 주변부에는 지역 교회나 학교에 뿌리를 둔 민간단체들이 많습니다. 그 단체들은 사람들을 모아서 자신들의 이야기를 만들어가는 주역으로 키우고, 그들이 인간으로서 존엄성을 되찾을 수 있도록 활력을 심어주려고 애씁니다. 이제 그들은 삶을 있는 그대로 받아들이며, 체념한 채 시간을 죽이거나 불평하지 않고, 불공평한 세상을 새로운 가능성으로 바꿔가기 위해 협력합니다. 나는 그들을 '사회적 시인'이라 칭합니다. 존엄성을 추구하며 변화를 위해 힘을 합하는 그들에게서 민주주의를 다시 활성화하고 경제의 방향을 재조정하려는 도덕적 에너지와 시민적 열정이 내 눈에는 보입니다.

정확히 이런 상황에서 교회는 태어났습니다. 십자가의 주변부에서는 십자가에 못 박힌 사람들이 많이 눈에 띄기 마련입니다. 교회가 가난한 사람들을 외면한다면, 교회는 더 이상 예수님의 교회가 아니라, 도덕적이고 지적인 엘리트 집단이 되려는 오랜 유혹에 굴복한 교회입니다. 가난한 사람을 외면한 교회에게 합당한 단어는 '스캔들' 하나밖에 없습니다. 지리적으로나 존재론적으로 주변부로 가는 길은 '강생Incarnation'의 길입니다. 그래서 하느님께서 역사에서 당신께서 행한 구원의 행위를 드러내는 장소로 주변부를 선택하셨던 것입니다.

이 때문에 내가 민중 운동 단체들과 함께 걷는 것입니다. 2014년과 2016년에는 바티칸에서 열린 모임에, 2015년 7월에는 볼리비아의 산타크루스에 100명 이상의 지도자들을 초빙해서 그들에게 연설하고, 그들과 대화를 나누었습니다. 훗날 '세계대회'로 알려진 이 모임에서는 토지와 주택과 일자리를 사람들에게 제공할 필요성에 대해 집중적으로 다루었습니다. 그 세 가지는 스페인어로는 3T, 티에라tierra(토지), 테초techo(주택), 트라바호trabajo(일자리)라 일컬어집니다.[29]

봉쇄 기간 동안 나는 민중 운동의 지도자들에게 편지를 보내, 내가 그들과 가까이 있다는 친밀감도 보여주었고 그들에게 용기도 북돋워주었습니다. 그들은 일자리에서 대거 배제되었고, 일을 하더라도 비공식직인 경제권에서 일하기 때문에 시민의 일자리와 삶을 보호하려는 정부 대책이 그들에게는 미치지 않습니다. 나는 그들을 이번 팬데믹의 최전선에 내몰린 '보이지 않는 군대'라고 칭했습니다. 다시 말하면, 연대성과 희망과 공동체 의식만을 무기로 가족과 이웃, 공동선을 위해 지치지 않고 싸우는 군대입니다.[30]

더 명확히 말해보겠습니다. 국민을 '조직'하는 것은 교회가 아니라, 이미 존재하는 조직들입니다. 그중에는 그리스도교를 기반으로 한 조직도 적지 않지만, 그렇지 않은 조직도 많습니다. 나는 교회가 이런 단체에게 문호를 더 크게 열기를 바랍니다. 세상의 모든 교구가 시민단체들과 지속적으로 협력하기를 바랍니다. 물론 이미 적잖은 교구가 협력하고 있지만, 내 역할과 교회의 역할은 그 단체들과 동행하는 것이지, 그 단체들을 끌고 가는 게 아닙니다. 달리 말하면, 교리를 강요하며 그들을 통제하는 게 아니라, 올바른 방향을 가르치고 제시해주는 것입니다. 교회는 복음의 빛을 밝히며 사람들에게 본연의 존엄함을 일깨워주어야 하지만, 인간에는 본능적으로 조직화하려는 성향이 있습니다.

부에노스아이레스 대주교로 일하던 때의 경험에 비추어보면, 이런 민중 조직들이 강력한 힘을 발휘할 것입니다. 인신매매를 비롯한 현대판 노예제도의 피해자들을 해방시키기 위해 일하는 조직이 있다는 걸 알게 된 후, 나는 사회의 주변부에서 착취당하는 사람들을 위해 매년 7월이면 헌법 광장에서 대규모 야외 미사를 드렸습니다. 시간이 지나자 그 미사에 수천 명이 모였고, 그들은 기도하며 자신들에게 필요한 것을 하느님께 간구했습니다.

그때 나는 성령께서 함께한다는 걸 느꼈습니다. 성령께서 기도하는 '군중'과 함께한다는 걸 확신했습니다. 나는

'무리'라는 비인격적인 뜻에서 '군중'이란 표현을 사용한 것은 아닙니다. 가난한 사람들을 대신해 생각하고 말하는 조직을 뜻한 것도 아닙니다. 오히려 하느님의 백성이 함께 모여, 그들의 아들딸의 고통을 위해 기도한다는 뜻입니다. 이렇게 기도하려고 모인 군중은 부에노스아이레스 시민들에게 그동안 잊고 지냈던 것, 즉 죄의 정상화로 수많은 사람들이 겪은 고통을 다시 떠올려주었습니다. 그 군중을 끌어가는 목소리는 예언을 새롭게 하려는 성령의 목소리였습니다. 성령의 목소리를 우리가 어떻게 침묵시킬 수 있겠습니까!

사람들의 모든 행동을 조직화하는 것은 교회의 책무가 아닙니다. 교회의 책무는 조직화하려는 사람들을 격려하고 지원하며, 그들과 함께 걷는 것입니다. 물론 엘리트 계급은 정반대로 생각합니다. "[그들은] 사람들을 위해 혼신을 다한다고 말하지만 사람들과 함께하는 것은 아무것도 없습니다." 그들은 그런 사람들이 얼굴도 없고 무지하다고 생각하지만, 전혀 사실이 아닙니다. 사람들은 자신들에게 무엇이 필요한지 본능적으로 알고 있습니다.

⚜

인간의 존엄성을 회복하려면,

우리 사회의 주변에 가서

그곳에서 살아가는 사람들을 만나봐야 합니다.

그곳에는 세상을 완전히 새로운 눈으로 보는

방법들이 감추어져 있습니다.

인간 가치의 회복을 위하여

헌법 광장에서 내가 만난 군중은 나에게 주님을 따르는 군중을 떠올려주었습니다. 그 군중은 무엇을 어떻게 해야 할지 몰랐기 때문에, 어둠이 내릴 때까지 예수님에게 귀 기울이며 몇 시간이고 앉아 기도하는 보통 사람들이었습니다. 예수님을 따른 그 군중은 어떤 능란한 웅변가에게 최면된 개인들의 무리가 아니라, 역사와 희망을 지닌 사람들이었고, 약속을 지킨 사람들이었습니다.

그들은 배척당해 고통을 받더라도 결국에는 그들이 원하는 방향으로 하느님이 초대할 거라는 약속을 항상 마음속에 새기며 살아가는 사람들이었습니다. 예수님의 가르침에서 그들은 뼛속과 핏속에 심어져 있던 옛 약속, 또 하느님이 항상 가까이 있으며 그들의 존엄함을 지켜주신다는 조상들의 자각을 다시 기억해냈습니다. 예수님은 말하고 만지고 치유하는 방식으로 친밀함을 그들에게 보여줌으로써, 그 자각이 사실이라는 걸 입증해주었습니다. 예수님은 미래로 향하는 희망의 길, 정치적인 해방을 넘어 그 이상의 것, 즉 인간 해방의 길을 그들에게 열어주었습니다. 인간으로 해방될 때 주님만이 우리에게 줄 수 있는 존엄함을 느낄 수 있기 때문입니다.

이런 이유에서 그들은 예수님을 따랐습니다. 예수님은 그들에게 존엄한 자존감을 주었습니다. 예수님이 간음하다 붙잡힌 여자와 단둘이 남은 감동적인 장면에서, 예수님은 그 여자에게 존엄성을 부여하며 말씀하셨습니다. "가거라. 그리고 이제부터 다시는 죄짓지 마라."[요한 복음서 8장 11절] 예수님이 보시기에는 누구나 존엄하고 가치 있는 존재입니다. 예수님은 하느님의 눈으로 볼 수 있기 때문에 한 사람 한 사람의 가치, 더 나아가 인간 전체의 진정한 가치를 되살려주십니다 "하느님께서 보시니 좋았다"라고

하지 않습니까.[창세기 1장 10절]

이렇게 진정한 가치를 회복하기 위해서 예수님은 그 시대에 율법과 전통을 해석하는 권한을 갖고 있던 종교 엘리트들의 사고방식을 거부해야 했습니다. 그 시대에는 종교적 능력을 가진 것이 다른 사람보다 우위에 올라서는 수단이 되었습니다. 다른 사람은 그들과 같지 않고, 그들이 조사하고 심판해야 할 대상이었습니다. 하지만 예수님은 세리와 '평판이 나쁜 여자'를 구분하지 않음으로써, 특별한 지식을 쌓은 특별한 가문 출신의 엘리트 계급으로부터 종교를 빼앗아, 모두가 어떤 상황에서나 하느님을 만날 수 있게 해주었습니다. 예수님은 가난한 사람들, 버림받은 사람들, 소외된 사람들과 함께 걸으며, 주님이 그분의 백성들, 그분의 양떼에게 다가가는 걸 방해하던 벽을 허무셨습니다.

예수님은 가난한 사람들과 죄인들에게 하느님의 친밀함을 보여주시며, 주변에서 일어나는 일을 모른 체하며 자기 합리화에 연연하는 사고방식을 나무라셨습니다. 예수님이셨다면, 특정한 집단에 속하지 않은 사람들을 폄하하고, 최악의 경우에는 인종차별적인 단어를 사용하게 되는 사고방식, 예컨대 이민자들을 위협적인 존재로 표현하며, 그들을 통제하고 배척하기 위해 벽을 쌓은 사고방식에 도전하셨을 겁니다.

조직화로
존엄성을 회복한
카르토네로

나는 헌법 광장에 모인 사람들에게서 예수님을 따르던 군중을 보았습니다. 그들은 존엄하게 보였고, 조직적이기도 했습니다. 그들에게는 하느님의 친밀함이 그들에게 드러내주었던 존엄함이 있었습니다.

그 군중 사이에는 종이상자를 비롯해 재활용이 가능한 물건을 찾아 밤마다 길거리를 샅샅이 뒤지며 살아가는 '카르토네로cartonero'라고 불리는 사람들도 있었습니다. 카르토네로는 2001~2002년 아르헨티나의 경제가 붕괴하면서 나타났고, 그들이 밤새 길거리에서 수거한 물건들을 커다란 봉지에서 꺼내는 모습이 자주 눈에 띄었습니다. 지금도 어느 날 밤에 보았던 장면이 기억에 생생합니다. 무엇인가가 카트를 끌고 가는 것이 눈에 들어오더군요. 처음에는 말이 끄는 것이라고 생각했지만, 가까이 다가가서야 두 소년이 카트를 끌고 있다는 걸 알았습니다. 열두 살도 안 된 어린아이들로 보였습니다. 도시법은 짐승이 물건을 운송하는 것도 금지하지 않습니까! 그럼 어린아이는 말보다 가치가 없었던 것일까요.

시간이 지나면서 수만 명의 카르토네로가 인간으로서의 존엄함을 깨닫고 조직화하여 적정한 보수와 보호를 받을 권리를 요구했습니다. '이런 요구는 노동조합이 해야 하는 거잖아!'라고 생각할 사람도 있을 겁니다. 노동조합이 정상적인 고용 상태에 있는 노동자들을 보호하고 그들에게 적절한 일자리를 보장하려고 노력하는 것은 당연합니다. 그러나 안타깝게도 요즘 주변부 사람들에게 관심을 갖는 노동조합은 거의 없습니다. 대부분의 노동조합이 사회의 변두리로부터 멀리 떨어져 있습니다.

나는 카르토네로의 존재를 알게 된 후, 어느 밤 그들과 함께 밤거리를 돌아다니며 재활용할 수 있는 종이들을 수거했습니다. 그들처럼 옷을 입었고, 주교를 상징하는 패용 십자가도 벗었습니다. 몇몇 지도자만이 내가 누구인지를 알았습니다. 나는 그들이 어떻게 일하고, 어떻게 도시의 쓰레기에 의존해서 살아가며, 사회가 버린 것들을 어떻게 재활용하는지를 보았습니다. 또 적잖은 엘리트가 그들을 잉여인간처럼 취급하는 것도 보았습니다. 한밤중에 그들과 함께 부에노스아이레스를 돌아다니며, 나는 그들의 눈으로 그 도시를 보았고, 그들이 겪는 무관심도 경험했습니다. 점잖고 조용한 폭력으로 변하기에 충분한 무관심이었습니다.

나는 일회성 문화의 단면을 보았습니다. 그러나 카르토네로의 존엄함도 보았습니다. 그들이 가족을 부양하고 자식들을 먹이기 위해 정말 열심히 일하고, 공동체로서 어떻게 협력해 일하는지를 보았습니다. 그들은 조직화함으로써 그들만의 방식으로 회심하며 그들의 삶을 재활용했습니다. 그 과정에서 그들은 쓰레기에 대한 아르헨티나 사람들의 생각을 바꿔놓았고, 재사용과 재활용의 가치를 알리는 데 일조했습니다.

그렇다고 내가 카르토네로를 이상적 존재로 미화하려는 것은 아닙니다. 그들 사이에도 내홍과 갈등이 있었고,

다른 사람을 이용하려는 사람도 있었습니다. 그것은 사회의 어느 계층에나 있는 현상이니까요. 그러나 그들의 연대성과 따뜻한 마음에 나는 감동했습니다. 한 조직원이 곤경에 처하자, 그의 가족을 위해 그들은 모두 힘을 합했습니다. 카르토네로는 주변부에서 살아남기 위해 조직화된 사람들의 한 사례이며, 조직화의 결과로 존엄성까지 얻은 민중 조직의 좋은 예이기도 합니다.

버림받은 사람들이 이데올로기를 뒷받침하거나 권력을 얻기 위해서가 아니라 가족의 품위 있는 삶을 위해 3L(토지와 주택과 일자리)을 확보하기 위해 조직화될 때 바로 거기에 징표와 약속과 예언이 있다고 말할 수 있습니다. 이런 이유에서 교황으로서 나는 세계 전역의 민중 조직들과 함께하며 그들에게 용기를 북돋워주었습니다. 일례로 미국 가톨릭 주교회의와 전국 공동체 조직망Pacific Institute for Community Organization, PICO이 2017년 2월 캘리포니아 머데스토에서 공동으로 주최한 한 모임에 참석해 연설하기도 했습니다.

나는 어떤 모임에 참석해서든 현대 세계에서 인간성을

상실해가는 과정을 뒤집기 위해서는 민중 운동에 적극적으로 참여해야 한다는 메시지를 꾸준히 전달해왔습니다. 민중 운동 조직은 새로운 미래의 씨를 뿌리는 사람들이며, 우리에게 필요한 변화를 촉구하는 사람들, 즉 사람을 섬기는 경제로 탈바꿈하고, 평화와 정의를 실천하며, 지구 환경을 지키기 위해 노력하는 사람들입니다.

사회의 건강은 주변부로 판단할 수 있습니다. 주변부가 방치되고 무시되고 경시된다는 것은 불안정하고 선상하지 못한 사회라는 증거입입니다. 대대적인 개혁이 없으면 그런 사회는 길게 생존하지 못할 테니까요. 그러나 다시 횔덜린을 인용하면, "위험이 있는 곳에서는 언제나 해결책도 무럭무럭 자랍니다." 인간으로서 존엄성을 회복할 수 있다는 희망은 변두리에서부터 시작됩니다. 가난과 곤경의 주변부에서도 그렇지만, 종교적이고 이데올로기적인 탄압 등 온갖 형태의 잔혹한 행위에서 비롯된 소외의 경우에도 다를 바가 없습니다. 주변부, 즉 민중 조직들에 열린 마음을 가질 때 진정한 변화가 시작될 것입니다.

주변을 포용한다는 것

주변부를 포용한다는 것은 우리 시야를 넓힌다는 것을 의미합니다. 사회의 가장자리에 있을 때 더 분명하고 더 넓은 시각으로 볼 수 있기 때문입니다. 우리 주변에 숨겨진 지혜를 되살려내야 합니다. 민중 운동이 그런 지혜를 우리에게 드러내 보여주고 있습니다. 민중 운동이 지역적이고 소규모라고 무시한다면 그것은 큰 실수일 것입니다. 그렇게 하면, 민중 운동의 활력과 관련성이 아쉬워질 것입니다. 민중 운동은 우리 사회에 새로운 활력을 더해줄 수 있습니다. 오늘날 우리 사회를 약화시키는 것들로부터 우리 사회를 구해낼 만한 잠재력이 민중 운동에 있습니다.

바티칸을 비롯해 여러 곳에서 민중 운동 조직들이 모임

을 가지면서 한동안 머릿속으로 구상하던 변화를 위한 의제를 제시하기 시작했습니다. 그들이 주장하는 생활방식은 소비지상주의를 배격하고, 삶과 연대성, 그리고 자연보호를 본질적인 가치로 회복하자는 것입니다. 쉽게 말하면, 시장에서 판매되지만 결국에는 우리를 소외시키며 작은 세계를 가두어버리는 '웰빙'처럼 자기만족적이고 자기중심적인 행복이 아니라, '경건한 삶', '올바른 삶'의 즐거움을 추구하자는 것입니다.

민중 운동 조직은 품위 있는 일자리와 주거지를 요구했고, 소규모 자작농을 위한 토지를 요구했습니다. 도시의 가난한 이웃을 끌어안아 통합하고, 여성에 대한 차별과 폭력을 억제하며, 온갖 형태의 노예제를 중단하자고도 촉구했습니다. 또 전쟁과 조직 범죄와 탄압을 끝내고, 표현과 통신의 자유를 민주적인 수준까지 강화하며, 사람을 섬기는 과학과 공학이 되기를 요구했습니다.

공동체가 변화하지 않으면 이런 요구는 절대로 실현될 수 없습니다. 또 공동체가 변하려면, 모든 구성원이 주역이 되는 구체적인 행동이 있어야 합니다. 보고 판단하며 실천하는 구체적인 행동, 또 필요성을 감지하고, 어느 길로 가야 하는지 식별한 후에 행동을 위한 합의를 끌어내는 구체적인 행동이 있어야 한다는 뜻입니다.

물론 그 과정에서 우리를 방해하는 유혹이 있을 것입니다. 무력감과 분노를 자극하고, 갈등과 불만을 끝없이 유발하며, 구체적이고 지역적인 행동보다 추상적인 개념과 구호에 집중하라는 유혹일 것입니다. 순진하게 생각하지는 맙시다. 부패의 위험은 언제 어디에나 있습니다. 이 때문에 민중 운동의 대의와 형식에 동참하려면 겸손함과 개인적인 금욕이 필요합니다. 그 길은 봉사의 길이지, 권력으로 향하는 길이 아닙니다. 따라서 기름진 저녁식사와 호화로운 자동차 같은 것을 좋아하는 사람이라면 민중 운동과 정치를 멀리하십시오. 신학 대학 주변에도 얼씬하지 마십시오. 절제하고 겸손하게 섬기며 살아가는 삶이 소셜미디어에 수천 명의 팔로워를 둔 삶보다 훨씬 가치 있습니다.

우리의 가장 큰 힘은 다른 사람들로부터 받는 존중에 있는 것이 아니라, 우리가 다른 사람들을 위해 하는 봉사에 있습니다. 우리는 다른 사람을 위해 행하는 모든 행위를 통해 인간과 공동체의 존엄을 회복하는 데 필요한 기초를 놓습니다. 그렇게 함으로써 우리는 더 나은 방향으로 치유하고 배려하며 공유할 수 있습니다. 이를 위해 우리 모두가 참여하고, 여기에 우선권을 두기 위해 정치계와 기업계 지도자들이 할 수 있는 것은 많습니다. 이런 변화를 요구하는 사람들의 범주에 그 지도자들도 포함되니까요.

더 나은 미래를 마음속에 그리는 데 도움을 받고 싶다면, 민중 운동 조직이 요구하는 3L을 생각해보면 됩니다. 모두를 위한 주택과 일자리만이 아니라 땅까지 우리 운동의 중심에 둔다면, 나중에 우리가 인간의 존엄성을 회복하는 데 도움을 얻을 수 있는 선순환 구조를 만들어낼 수 있을 겁니다.

토지, 모두를 위한 재화

우리는 흙으로 빚어진 존재이고, 대지의 일부입니다. 따라서 우리는 대지를 희생시키며 마냥 살아갈 수 없습니다. 대지와 우리의 관계는 상호적입니다. 지금 우리에게는 대사大赦가 필요합니다. 달리 말하면, 너무 많이 가진 사람이 덜 소비하며 지구에게 치유할 시간을 허용하고, 배척된 사람들이 우리 사회에서 자신들의 공간을 찾을 수 있도록 허용할 때입니다. 이번 팬데믹과 경제 위기는 우리가 기존의 생활방식을 점검하고, 파괴적인 습관을 버리고, 재화를 생산하고 교환하며 운송하는 지속 가능한 방법들을 찾아내야 할 기회일 수 있습니다.

또 내가 두 번째 회칙 '찬미받으소서'에서 제안한 방식으로 사회의 모든 차원에서 '생태적 회심'을 시작할 수도 있습니다. 화석 연료를 멀리하며 재생 가능한 에너지로 옮겨가고, 생물 다양성을 존중하며, 깨끗한 물에 접근할 권리를 보장하고, 한층 절제된 생활방식을 채택하고, 기업 활동이 환경에 미치는 영향을 고려하며, 가치와 성장과 성공의 의미를 재정립하는 것입니다.

하나의 세계 공동체로서, 우리는 유엔이 2030년까지 달성하겠다고 제시한 '지속 가능한 개발 목표들'을 성취하기 위해 합심해야 합니다. 앞으로 남은 시간을 활용해 '통합 생태론'을 시행하고, 생태 재생의 원리를 고려하며 모든 차원에서 결정을 내리도록 합시다.

이는 현재의 산업 방식이 환경에 미치는 영향과, 기업식 영농이 소농민에게 미치는 영향을 오랫동안 면밀하게 살펴보고 분석해야 한다는 뜻입니다. 지역 소비를 위해 지속 가능한 유기농법으로 농작물을 재배하는 소규모 자작농들에게 더 많은 땅이 분배되어야 합니다. 우리 농가는 식량만이 아니라 건강한 토양과 생물 다양성까지 생산할 수 있어야 합니다.

지구의 재화와 자원은 모두를 위한 것입니다. 맑은 공기와 깨끗한 물과 균형 잡힌 식사는 우리의 건강과 행복을 위해 반드시 필요합니다. 땅의 재생과, 재화에의 보편적 접근은 코로나19 이후의 시대에 핵심적인 과제가 되어야 합니다.

주택,
문명의 미래를
결정하는 열쇠

'주택'이란 물론 우리가 살아가는 집을 뜻하지만, 넓은 의미에서는 보편적 거주지를 뜻하기도 합니다.

도시에 모여드는 사람이 점점 증가함에 따라, 도시에서 일어나는 일이 우리 문명의 미래를 결정하는 열쇠가 될 것입니다. 역사도 없고 영혼도 없는 도시에 파묻히면, 우리는 인간으로서의 존엄성을 자각하기 어렵습니다. 또 익명성과 외로움을 조장하는 거대한 도시 외곽 지역을 생각하면, 소속감과 책임감의 공유를 언급하기도 쉽지 않습니다. 우리 주변이 파편화되고 혼란에 빠져 시끄럽고 추한 것으로 채워지면, 행복하기는커녕 존엄을 입에 올리는 것도 힘들 것입니다.

인간의 존엄성을 회복한다는 것은 우리의 '오이코스oikos', 즉 우리의 '공통된 집'을 돌본다는 뜻입니다. 도시 환경을 인간적으로 만들기 위해서는 해야 할 일이 많습니다. 예컨대 공동 지역과 녹색 공간을 만들어 관리하고, 모두에게 품위 있고 지속 가능하며 가족 친화적인 주택을 보장하며, 오염과 소음을 줄이면서도 사람들이 신속하고 안전하게 이동할 수 있는 양질의 대중교통을 제공해야 할 것입니다. 우리는 도시의 주변부 지역에 존엄성을 부여하고, 그곳 사람들이 문화에 기여할 수 있는 수준을 인정하며 소중하게 생각하는 사회정책을 통해 그들을 사회 구성원으로 받아들여야 합니다. 우리 도시를 이런 식으로 바꿔가야만, 환경 보호를 독려하며 가능하게 해주는 사회적이고 문화적인 부를 창출할 수 있습니다.

그러나 이런 모든 노력은 지역 주체들에 의해 주도되어야 합니다. 국가는 그들을 지원하는 데 그치더라도, 우리는 그곳에서 살아가는 사람들과 그들의 조직이 내세우는 목소리와 행동을 항상 존중해야 합니다. 목표는 공동체 연대와 형제애를 회복시킴으로써 소속감과 연대성을 더욱 강화하고, 공동체에 뿌리를 둔 조직을 민중 운동 조직과 연계하는 것입니다. 조직들이 공동체의 구체적인 목표를 성취하기 위해 믿음과 민족의 경계를 넘어 협력할 때, 그들은 자신들의 영혼을 돌려달라고 요구한 것이라 말할 수 있을 겁니다.

노동은 존엄성 회복의 기본조건입니다

하느님은 우리에게 경작하고 보존해야 할 땅을 주셨습니다. 일자리는 우리가 존엄성과 복지를 지키는 데 필요한 기본적인 조건입니다. 노동은 고용자나 피고용자의 배타적인 특권이 아니라, 남녀를 불문하고 모두의 의무입니다.

미래에 젊은이의 40~50퍼센트가 직장이 없다면 그 미래가 어떤 모습이겠습니까? 이미 몇몇 국가에서 이런 현상이 목격되고 있습니다. 잠깐 동안은 일자리를 갖지 못한 이들을 위한 특별한 지원이 필요할 수 있겠지만, 그들도 언제까지 복지에만 의존해 살아갈 수는 없는 노릇입니다. 우리는 노동을 통해 존엄하게 생계를 꾸릴 돈을 벌어야 합니다. 우리의 노동은 가족을 부양하는 데 그치지 않고 주변과 공동체까지 풍요롭게 하는 데 목적을 두어야 합니다. 노동력은 주님이 우리에게 선물로 주신 능력입니다. 그 능력 덕분에 우리는 하느님의 창조적 행위에 기여합니다. 결국 노동을 통해 우리는 창조에 관여하는 셈입니다.

이런 이유에서 사회의 일원으로서 우리는 노동이 돈을 벌기 위한 수단을 넘어, 자신을 표현하고 사회에 참여하며 공동선에 기여하는 수단이 되도록 노력해야만 합니다. 따라서 일자리의 확보가 최우선적인 국가 정책의 핵심적 목표가 되어야 합니다.

기업계에서 통용되는 많은 단어를 살펴보면, 지금 우리가 경제 활동에서 복원하려는 형제애적 의미가 함축되어 있음을 알 수 있습니다. 예컨대 company(회사)는 빵을 함께 나눈다는 뜻에서 파생된 것이고, corporation(법인)은 몸으로의 통합을 뜻합니다. business는 '사'기업으로 그치지 않고, '공동'선을 섬겨야 합니다. '공동common'은 라틴어 cum-munus가 조합된 단어입니다. cum은 '함께'를 뜻하고, munus는 선물로 혹은 의무감에서 주어진 것을 뜻합니다. 일에는 개인적인 차원과 공통된 차원이 있습니다. 일은 개인에게는 성장의 근원이고, 인간에게는 존엄함을 회복하는 열쇠이기도 합니다.

우리는 세상을 완전히 엉뚱하게 이해하는 경우가 많습니다. 예컨대 노동자가 가치를 창출하는 게 분명하지만, 노동자는 기업에서 언제나 대체할 수 있는 소모품으로 여겨집니다. 반면에 이익을 극대화하는 데만 관심이 있는 소수의 주주가 기업의 향방을 지배합니다. 노동의 가치에 대한 우리의 정의도 편협하기 이를 데가 없습니다. 친인척을 돌보는 도우미나 전업주부, 혹은 사회사업에 참여한 자원봉사자의 일은 임금을 받지 않기 때문에 일이 아니라는 편협한 생각을 넘어서야 합니다.

비임금 노동자의 노동이 사회에서 갖는 가치를 인정하는 것도 코로나19 이후의 세계에서 우리가 다시 생각해야 할 중요한 한 부분입니다. 이런 이유에서 나는 지금이 보편적 기본소득 같은 개념을 연구해야 할 때라고 생각합니다. 보편적 기본소득은 '부負의 소득세'라고 할 수 있으며, 모든 시민에게 무조건적으로 일정한 금액을 보장하는 방법으로, 조세 시스템을 통해 시행할 수 있을 겁니다.

보편적 기본소득은 노동 시장에서의 관계를 재정립하는 데 영향을 미치며, 노동자들을 가난의 덫에 옭아매는 고용 조건을 거부할 수 있는 존엄함을 노동자들에게 보장할 수 있을 것입니다. 또 기본소득이 주어지면 사람들이 필요한 것을 기본적으로 보장받고, 복지로 먹고사는 사람이란 오명을 떨쳐낼 것이고, 테크놀로지와 관련된 일자리가 증가하면서 직업 간의 이동도 더 쉬워질 것입니다. 보편적 기본소득 같은 정책이 시행되면, 사람들은 돈을 벌면서도 개인적인 시간을 공동체에 넉넉히 할애할 수 있을 것입니다.

적정한 임금을 보장받는 조건 하에 노동 시간을 줄이는 것도 고려해야 하며, 이는 당연히 추구해야 할 목표입니다. 역설적으로 들리겠지만, 그렇게 하더라도 생산성은 증가할 수 있습니다. 개인의 노동량을 줄이면 더 많은 사람이 노동 시장에 접근할 수 있을 것입니다. 이는 우리가 시급히 연구해봐야 할 과제의 하나라고 생각합니다.

더 나은 미래로 가는 길

가난한 사람의 통합과 환경의 세심한 관리를 사회의 중심 과제로 삼을 때, 우리는 일자리를 창출하는 동시에 주변 환경을 인간답게 바꿔갈 수 있을 것입니다. 보편적인 기본소득을 보장받을 때 사람들은 자유롭고 품위 있게 공동체를 위해 일할 수 있을 것입니다. 또 한층 집약적인 영속 농법을 적용해 농작물을 재배함으로써 자연계를 되살려내고, 일자리와 생물 다양성을 창출해내며, 더 나은 삶을 살 수 있을 것입니다.

이 모든 것이, 경제가 성장하면 모두가 더 부유해질 수 있다는 악명 높은 낙수효과 이론이라는 거짓된 가정보다 인간 개발이라는 공동선을 목표로 삼자는 뜻입니다. 땅과 주택과 일자리에 초점을 맞출 때, 우리는 세상과 건전한 관계를 되찾고 타인을 섬김으로써 성장할 수 있을 것입니다.

이렇게 할 때 우리는 자유주의 패러다임에 따른 편협한 개인주의를 초월하면서도 포퓰리즘의 덫에 빠지지 않을 것입니다. 그때 관련된 사람들의 관심과 지혜로 민주주의도 새로운 활력을 되찾을 것이고, 정치가 다시 섬김을 통한 사랑의 표현이 될 수 있을 겁니다. 인간의 존엄성 회복을 코로나19 이후 세계의 핵심 목표로 삼을 때, 만인의 존엄이 우리 행동을 결정하는 열쇠가 될 것입니다. 그때 구체적인 행동을 통해 존엄이 존중되고 소중히 여겨지는 세상을 보장한다는 것은 단순한 꿈을 넘어, 더 나은 미래로 가는 길이 될 것입니다.

에필로그

이쯤에서 여러분에게 이런 의문들이 밀려올지도 모르겠습니다. 그래서 이제 나는 무엇을 해야 하는가? 미래에 내 위치는 어떻게 될까? 그런 미래를 가능하게 하기 위해서 내가 할 수 있는 일이 무엇일까?

두 단어가 머릿속에 떠오릅니다. '탈중심'과 '초월'입니다.

내가 중심의 어디쯤에 있는지 알고 싶다면, 중심에서 벗어나야 합니다. 대문과 창문을 열고 저 밖으로 나가야 합니다. 습관적으로 반복되는 생각과 행동의 틀에 빠져드는 위험에 대해 언급하며, 내가 첫 부분에서 무엇이라 말했는지 기억해보십시오. 거듭 말하지만, 우리 자신을 중심에 두고 싶은 유혹에서 벗어나야 합니다.

위기가 닥치면 우리는 어쩔 수 없이 움직여야 합니다. 그러나 어디에도 가지 않으면서도 움직일 수 있습니다. 코로나19로 인한 봉쇄의 시기에 많은 사람들이 생필품을 구입하거나, 동네를 산책하기 위해서만 집을 나설 수 있었습니다. 봉쇄가 풀린 후에는 모두가 전에 있던 곳과, 전에 하던 일로 되돌아갔습니다. 마치 여행객이 바다나 산에서 일주일 동안의 휴식을 즐긴 후에 숨 막히는 일상으로 되돌아가는 것처럼 말입니다. 여행객도 움직였지만 아주 조금 움직인 것에 불과해서, 결국 출발한 곳으로 되돌아가지 않습니까.

개인적으로 나는 순례자의 대조적인 이미지를 좋아합니다. 순례자는 중심에서 벗어남으로써 초월하는 이미지를 가지고 있기 때문입니다. 순례자는 자신의 틀을 깨고 나와 새로운 지평을 향해 나아갑니다. 그리고 완전히 다른 사람으로 변해 집에 돌아옵니다. 따라서 순례자에게는 집도 더 이상 같은 곳이 아닙니다.

지금은 순례의 시간입니다.

앞을 향해 걷지만 여러분의 내면으로 더 깊숙이 들어갈 뿐인 경우가 있습니다. 그리스 신화에서 테세우스가 들어갔다는 미로처럼 말입니다.

미로가 반드시 우리가 헤매고 돌아다니는 물리적 공간

일 필요는 없습니다. 우리 마음속의 미래로도 미로를 만들 수 있습니다. 호르헤 루이스 보르헤스의 단편 소설 〈두 갈래로 갈라지는 오솔길들의 정원〉에서는 다양한 미래와 결과가 가능해서 하나하나의 미래가 서로 연결되고, 어떤 것도 다른 것을 배제하지 않기 때문에 어떤 것도 해결되지 않습니다. 그야말로 빠져나갈 길이 없기 때문에 악몽입니다.

미로를 빠져나오는 길은 두 가지 방법밖에 없습니다. 하나는 위로 올라가는 것입니다. 중심에서 벗어나 초월하는 것입니다. 다른 하나는 아리아드네의 실을 이용해 빠져나오는 것입니다.

현재의 세계도 미로와 다를 바가 없습니다. 우리는 그 미로를 계속 맴돌며, 이런저런 '미노타우로스'에게 잡아먹히지 않으려고 애씁니다. 계속 앞으로 움직이지만 끝없이 갈림길이 나타나며, 우리가 있어야 할 곳에 다다르지 못합니다.

미로는 삶이 '정상'으로 되돌아갈 것이란 우리의 추정일 수 있습니다. 이런 추정은 우리의 자기중심주의와 개인주의를 반영하는 것일 수 있습니다. 세상을 직시하지 않고, 우리가 과거에도 그다지 정의롭지 않았다는 사실을 무시한 채 당면한 상황이 과거의 상태로 되돌아가기를 바라는 마음을 반영하는 것일 수도 있습니다.

그리스 신화에서 아리아드네는 테세우스에게 미로를 빠져나올 때 사용하라며 실타래를 건넵니다. 우리에게 주어진 실타래는 미로의 논리를 넘어 움직이는 창의성입니다. 요컨대 중심에서 벗어나 초월하는 능력입니다. 아리아드네의 선물은 우리에게 자신의 울타리에서 벗어나라고 촉구하시는 성령입니다. G. K. 체스터턴(영국의 그리스도교 변증가이자 작가-옮긴이)이 브라운 신부의 이야기에서 사용한 표현을 빌리면, "매끄러운 실 위의 보풀"입니다. 실타래는 아리아드네처럼 우리가 미로를 벗어날 길을 찾도록 돕고, 우리가 최선을 다하도록 돕는 사람들이기도 합니다.

미로에 갇힌 우리에게 닥칠 수 있는 최악의 상황은, 우리가 뒤에서 주춤거리고 거울을 들여다보며 시간을 죽이고, 끝없이 빙글빙글 돌면서도 출구를 찾지 못해 좌절하는 것입니다. 미로에서 빠져나가려면, 이른바 '셀카' 문화에서 탈피해 주변 사람들의 눈과 얼굴, 손과 바람을 자세히 살펴봐야 합니다. 또한 그런 식으로 온갖 가능성으로 가득한 우리 자신의 손과 얼굴도 살펴봐야 합니다.

'매끄러운 실 위의 보풀'을 느끼게 되면, 미로에서 벗어날 방법은 많습니다. 그 방법들의 공통점이 있다면, 우리가 상호적인 관계로 서로에게 속하며, 우리가 한 백성이고 운명을 공유하는 공동체라는 깨달음입니다. 십자가의 성녀 테레사 베네딕타로도 불리는 에디트 슈타인은 "세계사에서 가장 결정적인 전환점은 역사책에서 언급된 적이 없는 영혼들에 의해 주로 결정되는 것이 분명합니다"라며 "감추어진 모든 것이 드러나는 날, 그때서야 우리는 각자의 개인적인 삶에 결정적인 영향을 미치며 전환점을 마련해준 그 영혼들을 찾아낼 수 있을 것입니다"라고 덧붙였습니다.[31] 그 영혼들이 바로 우리 실을 잡아당길 수 있는 영혼일 것입니다.

이제 여러분도 도전받고 당겨져서 깨달음을 얻는 기회를 갖도록 하십시오. 지금까지 이 책에서 여러분이 읽은 것을 통해, 뉴스에서 언급되는 사람들을 통해, 혹은 여러분이 주변에서 알고 지내던 사람의 감동적인 이야기를 통해 그런 기회가 다가올 수 있습니다. 어쩌면 지역 요양원이나 난민보호소 혹은 생태 재생 프로그램이 당신을 부르고 있을 수 있습니다. 혹은 집 주변에 사는 사람들에게 당신의 도움이 필요할지도 모릅니다.

어떤 식으로든 보풀이 느껴지면, 하던 일을 멈추고 기도하십시오. 그리스도인이라면 복음을 읽으십시오. 여러분의 내면에 귀담아듣는 공간을 마련하십시오. 마음을 열고 … 중심에서 벗어나 … 초월하십시오.

그리고 행동하십시오. 전화하고 방문해서 몸으로 섬기십시오, 당신은 아무것도 모르지만 도울 수 있다고 말하십시오. 여러분은 다른 세계의 일원이 되고 싶고, 그곳이 그런 바람을 실천하기에 좋은 곳이라 생각했다고 말씀하십시오.

아르헨티나의 한 친구로부터 받은 후에 봉쇄 시기에 읽었던 한 편의 시로 내 글을 끝내고 싶습니다. 저자에 대해서는 약간의 혼란이 있었지만, 마이애미에서 활동하는 쿠바계 배우이자 코미디언, 알렉시스 발데스라는 걸 결국 알아냈습니다. 나는 그와 전화로 통화했고, 그때 그는 한자리에 앉아 단숨에 이 시 〈희망〉을 써냈다고 나에게 말했습니다. 마치 하느님이 그를 통로로 사용하신 것처럼 단어 하나도 거의 고치지 않았다고도 덧붙였습니다. 이 시는 입소문을 타고 널리 퍼졌고, 나를 포함해 많은 사람에게 감동을 주었습니다. 내가 이 책에서 표현하려고 애썼던 더 나은 미래로 가는 길을 묘사한 시입니다. 그의 아름다운 시를 결론으로 삼아, 여러분이 중심에서 벗어나 초월하는데 조금이나마 도움을 주려고 합니다. 그래야 사람들이 생명을 얻고 또 얻을 수 있을 테니까요. [요한 복음서 10장 10절]

희망

알렉시스 발데스

폭풍이 지나갔습니다
길들은 엉망진창
그런 아수라장에서도
우리는 살아남았습니다.

마음은 찢어지지만
우리 운명은 축복받아,
그저 살아남은 것만으로도
우리는 기뻐할 것입니다.

처음 보는 낯선 사람이라도
반갑게 포옹하고,
우리가 친구가 된
행운을 찬미할 것입니다.

그러고는 우리가 잃은
모든 것을 기억하며,
우리가 지금껏 배우지 못한
모든 것을 마침내 배울 것입니다.

모두가 고통을 겪은 까닭에
누구도 시샘하지 않을 것이고,
모두가 게으름을 피우지 않고
서로를 더욱 동정할 것입니다.

무엇을 벌었느냐보다
모두에게 속한 것을 더 소중하게 생각하고
더 너그럽게 행동하며
훨씬 더 헌신적으로 살아갈 것입니다.

우리가 살아 있지만
너무도 유약한 존재인 걸 깨닫고,
지금 우리와 함께하는 사람과는 물론이고

우리 곁을 떠난 사람과도 함께할 것입니다.
시장에서 동냥을 구하던 그 노인,
이름은 모르지만
항상 당신의 곁에 있던
그 노인이 그리울 것입니다.

어쩌면 그 불쌍한 노인이
변장한 당신의 하느님일 수 있습니다.
하지만 당신은 그분에게 이름을 묻지 않았습니다.
항상 그보다 더 중요한 일이 있었으니까요.

그리고 모든 것이 기적이 될 것입니다.
그리고 모든 것이 유산이 될 것입니다.[32]
그리고 우리는 삶을 존중할 것입니다.
우리가 얻은 삶을

폭풍이 지나갈 때
나는 주님에게 수줍게 간구합니다.

폭풍이 지나간 뒤에 우리를 더 낫게 해달라고,

주님께서 한때 우리에게 바라던 모습대로.

후기

《렛 어스 드림》은 봉쇄 기간에 잉태되었다. 구체적으로 말하면, 프란치스코 교황이 칠흑처럼 어둔 밤에 인류를 인도하기 위해, 폭풍을 뚫고 찾아온 조종사처럼 성 베드로 광장에 나타난 때였다.

그날이 2020년 3월 27일로, 텅 빈 교회와 썰렁한 거리로 불안한 부활절을 보름가량 앞둔 때였다. 비가 추적추적 내리는 어둡고 을씨년스런 광장에서 교황은 예정에 없던 '우르비 엣 오르비urbi et orbi(도시와 전 세계에)', 즉 교황 강복을 주었다. 텔레비전과 태블릿PC로 수백만 명이 지켜보는 가운데 프란치스코 교황은 세계에 시련의 시대, 즉 전환의 시대가 닥쳤으며 그 시대가 지나면 우리가 더 나아지거나 급격히 퇴보할 것이라고 말했다.

얼마 후 부활절을 하루 앞두고 나는 교황을 인터뷰하는 영광을 얻었다. 그때 교황은 코로나19라는 위기에서 비롯되는 유혹과 장애와 기회에 대한 개인적인 통찰을 거침없이 쏟아냈다. 교황과 함께할 때 흔히 그렇듯이, 교황은 번뜩이는 온갖 아이디어를 쏟아냈고, 나는 교황에게 더 많은 이야기를 듣고 싶었다. 그런데 부활절 직후, 교황이 세계 전역의 전문가들에게 코로나19 이후의 미래에 대한 조언을 듣기 위한 위원회를 바티칸 내에 설립했다는 발표가 있었다. 교황은 그 위원회에 "미래를 준비"하라고 요구하며, 교회가 가까운 미래에 대응해야 할 뿐만 아니라, 미래를 만들어가는 데 일조해야 한다고 생각한다는 의견을 피력했다. 표면적으로 보면, "봉쇄된 교황"은 신도들과 차단되어 무력해 보였지만, 교황 측근들이 나에게 전해준 이야기는 완전히 달랐다. 오히려 교황은 어려운 결정에 직면한 삶의 전환점, 즉 '문턱의 순간'에서 힘을 얻고 있다는 소식이었다.

나는 적절한 기회를 포착해 교황에게 자신의 생각을 넓고 깊게 전개하며 더 많은 사람에게 알릴 수 있는 책을 쓰자고 제안했다. 놀랍게도 교황은 내 제안을 흔쾌히 받아들였을 뿐만 아니라, 단순히 질문하고 대답하는 형식을 벗어나고 싶다고도 말했다. 봉쇄 기간 동안 거주지에서 방송한 일상의 설교에서도 분명히 읽혀졌듯이, 교황은 깊이 있게 말하고 싶은 것이 많아 질의응답 형식으로는 충분하지 않다고 생각했던 것이다.

이번 위기와 관련해서 프란치스코 교황은 진단과 처방을 내놓는 데 그치지 않았다. 교황의 관심사는 변화 과정 자체였다. 예컨대 역사적 변화가 어떻게 일어날 것이냐에 관심이 많았다. 변화의 과정을 받아들이는 사람도 있겠지만 저항하는 사람도 있지 않겠는가. 교황의 생애를 조사하며 알게 되었지만, 교황에게는 많은 은사가 있었다. 그중 하나가 특별한 카리스마였다. 그 카리스마는 모국인 아르헨티나에서 영적인 지도자로 수십 년 동안 일하는 과정에서 형성된 것이다. 교황이 된 후에는 그런 카리스마를 기초로 인류와 함께 걸었다. 굳이 이름을 붙이자면, 프란치스코 교황은 세계의 영적인 책임자였다. 달리 말하면, 세계가 암흑의 밤에 들어서자 교황은 우리와 함께 걸으며, 우리 앞을 횃불로 밝혀주며 우리가 절벽에 떨어지지 않도록 지켜주었다. 또 혼란의 시기에 어김없이 주어지는 하느님의 은사를 열린 마음으로 받아들여야 할 화급성을 사람들에게 알리려고도 애쓰며, 그렇게 하느님에게 우리 이야기를 써내려가도록 맡기고 싶어했다.

나는 교황에게 회심의 과정을 세 부분으로 나누어 이야기해보자고 제안했다. 직시하고, 판단하며, 행동하는 방법은 라틴아메리카 교회가 변화에 대응하려고 흔히 사용하는 방법이었다. 프란치스코 교황은 이 3단계 방법을 다른 명칭으로 바꾸었다(숙고-식별-제안). 그러나 명칭과 관계없이 본질적으로 접근법은 같은 것이다. 첫째, 현실을 직시하는 것이다. 거북하더라도, 사회의 주변부가 고통받고 있다는 진실을 외면하지 않고 현실을 똑바로 보는 것이다. 둘째, 사회에 작용하는 다양한 힘을 식별하는 것이다. 긍정적인 것과 파괴하는 것, 인간적인 것과 비인간적인 것을 구분하는 것이다. 다시 말하면, 하느님에게 속한 것을 선택하고 반대의 것을 거부하는 것이다. 끝으로, 우리를 괴롭히는 것을 진단하고, 우리가 어떻게 다르게 행동할 수 있는가를 처방하는 참신한 생각과 구체적인 단계를 제안하는 것이다. 이 세 단계가《렛 어스 드림》의 기본 골격이다. 그 이유에서 이 책은 '직시할 시간, 선택할 시간, 행동할 시간'으로 구성되었다.

나는 2020년 6월부터 8월까지 프란치스코 교황과 인터뷰를 진행하는 과정에서, 많은 면에서 교황의 평생의 프로젝트였고 영적 리더십의 핵심이던 '행동의 하나됨'과 관련된 두 영역에 대해 깊이 파고들었다.

하나는 긴장으로부터 어떻게 하나됨을 만들어내고, 차이를 유지하면서도 어떻게 모순에 빠지지 않고, 하나됨이란 열매를 맺을 수 있는지에 대한 질문이었다. 교황이 교회에 정착시킨 공동 합의 과정이 역동적인 이유는 이 의문의 답과 밀접한 관계가 있고, 인류에게 이런 공동 합의 과정이 화급하고 절실하게 필요한 이유도 여기에 있다. 다른 하나는 하느님의 백성이라는 자각의 촉매 효과에 대한 것이었다. 요컨대 그런 자각을 기초로 우리가 조직화될 수 있겠느냐는 것이었다. 이 책에서도 보았지만, 진정한 변화는 위에서부터 일어나는 게 아니라 그리스도가 살아가시는 주변부에서 일어난다는 게 프란치스코 교황의 확고한 신념이다. 이런 확신 뒤에는 '대중 신학'이라고 알려진 아르헨티나 교회의 깊은 전통이 있다.

두 가지 의문은 교황이 무엇보다 중요하게 생각하는 교회의 과제이지만, 지금까지 제대로 이해되지 못한 경우가 많았다. 이는 현재의 위기를 벗어나려면 반드시 풀어야 할 두 개의 과제이기도 하다.

처음에 나는 교황에게 많은 것을 물었고, 그의 생각을 빠짐없이 기록했다. 1부는 이런 인터뷰의 결실이다. 그러나 책으로 탈바꿈하는 과정에서 점점 스승과 제자의 공동작업으로 변해갔다. 교황은 나에게 꾸준히 참고자료와 언론 기사를 보냈고, 개인적으로 이런저런 의견을 제시했다. 이 책은 이런 유기적인 협력의 결과물이며, 당연히 교황의 최종적인 수정을 거쳤다. 그리하여 우리는 두 종의 텍스트, 즉 내 모국어인 영어로 쓰인 영어판과, 부에노스아이레스 시민들의 독특한 어법과 교황의 말을 그대로 살려낸 스페인어판을 제작했다. 우리가 모든 작업을 끝냈을 즈음 교황은 다시 강론을 시작했고, 베드로 광장에도 사람들이 돌아오기 시작했다. 봉쇄 기간보다 훨씬 더 복잡한 새로운 위기의 시대가 그렇게 시작되고 있었다.

프란치스코 교황은 녹음을 끝낼 때마다 활력과 열정과 유머로 가득한 메시지를 나에게 보냈다. 그러나 그 메시지에서 나는 그가 이 시대를 얼마나 격정적으로 살아가고 있는지도 느낄 수 있었다. 다른 사람들과 함께 아파하고, 현 상황에 절박감을 느끼는지도 실감할 수 있었다. 그는 한결같이 온유한 자세로 용기를 북돋워주었고, 수정 과정에 적극적으로 참여하며 마지막 문장까지 정성을 기울였다. 나에게 보낸 그의 깊은 신뢰에 감사할 따름이다.

디에고 파레스 신부와 아우구스토 잠피니 데이비스 신부에게 고맙다는 말을 전하고 싶다. 로마의 훌리아 토레스, 몬테비데오의 마리아 갈리 테라는 스페인어판을 제작하는 데 도움을 주었고, 알렉시스 발데스는 그의 유명한 시를 인용하는 걸 허락해주었다. 사이먼 앤드 슈스터 출판사의 이먼 돌란의 팀에도 많은 것을 빚졌다. 그들은 출판계에는 더없이 어려운 시기에도 모든 것을 신속히 처리해주었다. 항상 그렇듯이, 출판사 대표 이상의 역할을 해내는 스티븐 루빈과 저작권 대리인 이상의 역할을 해내는 빌 배리에게도 감사하고 싶다. 물론 묵묵히 인내하며 지원을 아끼지 않는 아내 린다와, 가장 필요할 때 도움의 손길을 건네며 '매듭을 풀어주시는' 성모 마리아에게도 감사한다.

오스틴 아이버레이

옮긴이의 글

다시 섬김의 사회가 되기를

2015년 9월 24일 프란치스코 교황은 미국 의회에서 연설했다. 우리 언론은 성향에 따라, 교황의 연설을 "예상보다 훨씬 왼쪽"이라거나 "거의 모든 사안에서 공화당의 입장과 정면으로 배치"됐다고 평가했다. 교황의 연설을 정치적 시각에서 해석하고 축소한 결과이다. 교황의 그날 연설에서 결코 간과해서는 안 될 부분은 '병든 젊은층에 대한 사회적 관심'이었다. 우리 언론에서 이에 대한 심층적 보도는 없었다. 교황이 가난하고 소외된 사람들에게 관심을 갖는 것, 환경에 관심을 갖는 것은 교리적으로 당연한 것이다. 교황은 굳이 '언론'이란 단어를 언급하며, 교회의 일을 이데올로기적 관점에서 보지 말고 교리적 관점에서 접근해달라고 부탁한다.

왜 그런 부탁을 했을까? 이번 코로나 위기를 맞아, 종교의 차이를 떠나 모두가 좋은 방향으로 변하기를 바라기 때문이다. 인간으로서의 존엄성 회복이 필요하기 때문이다. 하느님 아래에는 누가 높지도 않고, 누가 낮지도 않다. 존엄의 회복을 위해서는 경제는 이익 추구를 우선순위에 두지 않고, 정치는 권력을 위해 거짓과 포퓰리즘에 매몰되지 않아야 한다. 경제는 사람을 생산의 도구로 생각하지 않아야 하고, 정치는 "국민의 이름으로, 국민에 속한 사람들을 배제하고, 특정한 집단에게 민심의 진정한 해석자라는 훈장"을 달아주어서는 안 된다. 경제와 정치는 다시 "섬김을 통한 사람의 표현"이 되어야 한다.

존엄한 삶을 살 권리는 누구에게나 있다. 이른바 '인권'이다. 따라서 교황은 난민을 따뜻하게 맞아주는 마음으로 우리에게 요구한다. 미국 의회의 연설에서 미국인에게 요구한 것도 그것이었다. 특히 로힝야족에 대한 연민을 가감 없이 보여주며, 그들이 세계에서 가장 박해받는 종족이라며 안타까워한다. 그러나 시야를 넓히면 위구르족, 티베트족에 대한 탄압도 있다. 지면의 부족 때문이었을까? 아쉬운 마음이 남는 것이 솔직한 심정이다.

교황은 이분법적 사고방식에 대해서도 경계한다. 이분법적 사고방식은 "우리를 현실로부터 떼어놓는 열등한 사고방식"이라며, "파렴치한 정치인들이 습관적으로 행하는 못된 짓"이라고 나무란다. 현실에서 갈등은 피할 수 없는 것이다. 따라서 어떤 형태의 갈등도 피하려는 '거짓된 평화주의'는 결코 해결책이 아니며, 현실을 인정하지 않는 태도이다.

따라서 현실을 인식하며 모두가 인간으로서의 존엄성을 회복하는 방법으로, 교황은 세 단계 방법을 제시한다. 첫째는 현실을 직시하는 단계이다. 둘째는 사회에 작용하는 다양한 힘을 식별하고 올바른 방향을 선택하는 단계이다. 그리고 끝으로는 선택한 것을 행동에 옮기는 단계이다. 이런 이유에서 이 책도 '직시할 시간, 선택할 시간, 행동할 시간'으로 나뉘어졌다.

코로나 이후의 세계는 어떻게 될까? 이에 대해 많은 사람이 말한다. 그들에게 공통된 답이 있다. 코로나 이전의 세계로 돌아가지는 못할 것이란 답이다. 그 근거는? 적어도 나에게 설득력있게 들리는 대답이 없다. 오히려 "이번 고통을 변화의 기회로 삼는다면 위기가 지나간 후에 더 나은 사람으로 거듭날 것입니다. 그러나 위기를 외면하고 숨어버리면, 위기가 지나간 후에 더 나빠질 것입니다"라는 교황의 결론이 훨씬 더 와닿는다. 언젠가부터 듣기 좋은 말을 경계하게 됐지만 교황의 말은 믿고 싶다.

충주에서

강주헌

주

1 Friedrich Hölderlin. *Sämtliche Werke*, Stuttgarter Ausgabe, Vol. 2, Parte 1, S. 165 (Stuttgart, 1951).

2 2016년 4월, 프란치스코 교황은 두 명의 그리스 정교회 지도자인 바르톨로메오스 콘스탄티노폴리스 세계 총대주교, 이에로니모스 아테네와 그리스 전 지역 대주교와 함께 레스보스 섬을 방문했다. 교황은 열두 명의 무슬림 난민을 데리고 로마에 돌아왔다.

3 190명의 세계 지도자가 파리에서 모인 회담은 1992년 기후 변화에 관한 UN 기본협약 이후 21번째로 열린 연례 당사국 총회(Conference of the Parties, COP)였던 까닭에 COP21로 알려졌다. 지구 평균온도의 상승폭을 섭씨 1.5도 이하로 제한하기로 합의한 파리협정은 역사적인 성취였다. 많은 사람이 '찬미받으소서'와 프란치스코 교황의 노력이 파리협정의 타결에 부분적인 영향을 미쳤다고 생각했다. *Austen Ivereigh, Wounded Shepherd: Pope Francis and His Struggle to Convert the Catholic Church* (New York: Henry Holt, 2019), 216-18을 참조할 것.

4 *Morals on the Book of Job* by St. Gregory the Great, ed. Paul A. Böer, Sr., 번역자는 익명(Veritatis Splendor Publications, 2012), Book 10, Number 47.

5 여기에서 프란치스코 교황은 아르헨티나 중부 지역의 산악 도시 코르도바에서 보낸 시기(1990-1992)를 말하는 것이다. 호르헤 마리오 베르고글리오가 카리스마 있는 리더로서 부에노스아이레스 관구장(1973-1979)과 그 관구에 있던 예수회 신학원 원장으로 10년 이상을 보낸 적이 있었고, 이때는 예수회의 아르헨티나 관구가 격동의 시기를 끝내가던 때였다. 당시 50대 중반이던 베르고글리오는 코르도바로 파견되었다. 당시 부에노스아이레스 대주교이던 안토니오 카라시노 추기경이 교황 요한 바오로 2세에 베르고글리오를 보좌 주교로 임명해달라고 요청함으로써 코르도바 시기는 끝났다. 코르도바에서 베르고글리오는 많은 고생을 했지만 개인적으로 가장 뛰어난 글들을 적잖게 써냈기 때문에, 그 시기는 힘들었지만 보람찬 시간이었다. Austen Ivereigh, *The Great Reformer: Francis and the Making of a Radical Pope* (New York: Henry Holt/Picador, 2014/2015), chapter 5을 참조할 것.

6 예수회를 세운 로욜라의 성 이냐시오는 《영신 수련》에서 "빛의 천사처럼 꾸미는 것은 나쁜 천사의 특징이다. … 다시 말하면, 나쁜 천사는 정의로운 영혼에게 선량하고 거룩한 생각을 제안한 후에 조금씩 본색을 드러내며, 그 착한 영혼을 그의 감추어진 덫과 비정상적으로 뒤틀린 목적에 끌어들인다"라고 말했다. *The Spiritual Exercises of Saint Ignatius of Loyola*, trans. Michael Ivens, SJ(Leominster, UK: Gracewing, 2004), p. 100.

7 "[교회의 믿음은] 해가 지남에 따라 강화되고, 시간이 지남에 따라 발전하고, 세월이 지남에 따라 더 깊어진다"(Ut annis consolidetur, dilatetur tempore, sublimetur aetate)는 레랭의 성 뱅상이 남긴 유명한 원칙이다. 뱅상 성인은 기원후 450년경에 사망했고, 프랑스 레랭 수도원의 신학자였다.

8 Francisco Luis Bernárdez, "Soneto," *Cielo de tierra* (Earth Sky), 1937에서 발췌.

9 Kate Raworth, *Doughnut Economics: 7 Ways to Think Like a 21st Century Economist* (London: Penguin Random House, 2017)과 Mariana Mazzucato, *The Value of Everything: Making & Taking in the Global Economy* (London: Penguin Random House, 2019)는 잡지 〈포브스〉에 실린 한 기사에서 '자신의 분야에서 혁명을 일으킨 학자'로 묘사된 다섯 명의 여성 경제학자에 속한다. Avivah Wittenberg-Cox, "5 Economists Redefining ... Everything. Oh Yes, and They're Women," *Forbes* (forbes.com), 2020년 3월 31일을 참조할 것. 또 한 명의 영향력 있는 경제학자 Alessandra Smerilli 교수는 수녀로, 바티칸이 코로나19이후를 대비해 구성한 위원회의 위원이기도 한다.

10 바티칸의 모든 성(省)에는 교황이 임명한 컨설턴트가 있다. 그들은 주기적으로 로마에서 만나, 바티칸의 의사결정 과정에 외부의 관점을 전달하며 조언한다. 예컨대 프란치스코 교황은 신앙교리성에 세 명의 여성 컨설턴트, 경신성사성에 두 명의 여성 컨설턴트를 임명한 최초의 교황이다. 그 결과로 바티칸에서 가장 중요한 두 조직, 즉 교리와 전례를 담당하는 조직에 여성의 목소리가 들어갈 수 있게 되었다.

11 국무원은 국무부와 외무부로 나뉜다. 프란치스코 교황이 여기에서 언급하는 부서는 외교 관계를 담당하는 외무부를 가리킨다. 외무장관은 두 명의 차관에게 도움을 받는다. 한 명은 교황청에 소속된 외교관들을 감독

하고, 다른 한 명은 다국적 조직들과의 관계를 조율한다. Francesca Di Giovanni는 교황청에서 후자의 책임을 맡은 최초의 여성이다.

12 교황 프란치스코의 회칙, '모든 형제자매에게'. 2020년 10월 3일 서명.

13 '외떨어진 양심(isolated conscience)'이란 표현은 프란치스코 교황이 교황으로서 처음 발표한 주된 자료에서 제2항의 첫 문장에 쓰였다. 바티칸의 영문 번역에서는 '무뎌진 양심(blunted conscience)'으로 표현되었지만 잘못된 번역이다.

14 '획득된 행운'이란 표현은 로욜라의 성 이냐시오의 《영신 수련》 제150항에서 처음 쓰였다. '세 강의'로 알려진 수련를 통해 우리는 영적인 자유를 제약하는 무의식적인 자기 정당화를 인식할 수 있게 된다. 성 이냐시오는 "각각 1만 두카트를 획득했지만 순수하지도 않고, 하느님의 사랑을 받기에 적합할 만하지 않은 세 종류의 사람들"을 상상하며, "그들 모두가 구원받기를 바라고, 그 획득된 행운에 대한 자신들의 애착에 내재한 짐과 장애를 제거함으로써 주 하느님을 평안히 맞이할 수 있기를 바란다"라고 말했다.

15 Saint Dorotheus of Gaza, "Sobre la acusación de sí mismo," no. 100, in Jorge Mario Bergoglio, *Reflexiones espirituales sobre la vida apostólica* (Bilbao: Mensajero, 2013), p. 137.

16 "Visit to the Joint Session of the United States Congress: 'Address of the Holy Father,'" U.S. Capitol, Washington, D.C., September 24, 2015.

17 독일 사제로 작가이자 학자이던 로마노 과르디니(Romano Guardini, 1885-1968)는 20세기에 가장 큰 영향을 남긴 가톨릭 사상가 중 한 명이었다. 프란치스코 교황의 미완성 논문은 철학적 인류학을 다룬 과르디니의 초기 저작(1925)을 연구 대상을 삼았다. 과르디니의 그 저작, Der Gegensatz: Versuche zu einer Philosophie des Lebendig-Konkreten은 아직까지 영어로 번역되지 않았지만, 스페인어로는 El Contraste: Ensayo de una filosofía de lo viviente-concreto, trans. Alfonso López Quintas(Madrid: Biblioteca de Autores Cristianos, 1996)로 출간되었다. 호르헤 마리오 베르고글리오의 미완성 논문 제목은 "Polar Opposition as Structure of Daily Thought and of Christian Proclamation"이었다. 그는 이 논문을 전기 작가인 Massimo Borghesi에게 보여주었고, Borghesi는 Jorge Mario Bergoglio's Intellectual Journey(Collegeville, Minn.: Liturgical Press,

2017)의 제3장에서 이 논문을 자세히 다루었다.

18 2022년 10월 로마에서 열린 예정인 주교 시노드, 즉 주교 대의원 회의의 주제는 '합의하는 교회를 위하여: 친교와 참여와 사명'이다.

19 '인류의 빛(Lumen Gentium)'으로 알려진 1964년 교회 헌장 제12항에서, 제2차 바티칸 공의회는 이렇게 결정했다. "성령께 기름부음을 받은 신자 전체는 믿음에서 오류를 범할 수 없으며, '주교부터 마지막 평신도에 이르기까지' 신앙과 도덕 문제에 관하여 보편적인 동의를 보일 때, 온 백성의 초자연적 신앙 감각의 중개로 이 고유한 특성을 드러낸다."

20 오랜 세월 동안 다양한 형태로 사용된 이 격언은 교황 보니파시오 8세 시대(1294-1303)에 교회법으로 법제화하려는 시도에서 Quod omnes tangit debet ab omnibus approbari(모두에게 관련된 것은 모두에게 동의받아야 한다)라는 형태로 나타난다. 미국 독립 혁명의 구호이던 "대표가 없다면 세금도 없다"도 비슷한 개념을 표현한 것이었다.

21 Amoris Laetitia, 제8장 '돌봄과 식별과 통합'에서는 교회가 이혼자와 재혼자를 어떻게 돌보고, 그들을 지역 교회의 삶에 어떻게 통합하며, 하느님이 그들을 부른다는 걸 그들에게 어떻게 인식시키야 하는가를 다루었다. 가족을 주제로 한 시노드에 대한 자세한 설명, 마지막 결의안, 프란치스코 교황의 후속 권고에 대해서는 Ivereigh, Wounded Shepherd, 9장과 10장을 참조하기 바란다.

22 가톨릭 교회에서 부제(deacon)는 서품을 받은 성직자이지만 사제가 아니다. 부제는 결혼식과 장례식을 주관할 수 있고, 세례도 행할 수 있다. 그러나 고해 성사를 들을 수 없고, 성체 성사를 주관할 수 없다. 부제직은 사제로 가는 단계('일시적 부제')이거나 종신이다. 일반적으로 '종신 부제'는 결혼해 가족이 있고, 섬기는 주교를 따라 이동하는 사제와 달리 특정한 공동체에서 붙박이로 지내며, 가난한 사람들을 돌보고 신도의 가정을 방문하는 역할을 해낸다. 여기에서 프란치스코 교황은 이렇게 지역에서 일하는 종신 부제가 아마조니아의 선물이라 말하지만, 그가 판단하기에 그 지역의 교회가 종신부제직을 적절히 수용하고 있지 못하고 있다.

23 Poem 63 in *Gitanjali* (London: Macmillan, 1918).

24 Fyodor Dostoyevsky, *The Brothers Karamazov*, Part II, Book VI, chapter III.

25 '재화의 보편적 목적'은 하느님이 어떤 차별도 없이 모두를 위해 지구의 재화를 창조하신 것이란 가톨릭의 사회적 가르침에 기반한 것이다. 이 원칙은 사유재산권을 부인하지 않고, 상대화하는 것이다. 요컨대 소유권에는 공동선을 향한 의무가 수반된다는 것이다.

26 Francis, "Meeting with Priests, Consecrated Men and Women, and Seminarians," Santiago Cathedral (January 16, 2018).

27 "Visit to the Joint Session of the United States Congress: 'Address of the Holy Father,'"

S. Capitol, Washington, D.C., September 24, 2015.

28 세계보건기구(World Health Organization)가 발표한 수치를 인용한 것이다.

29 라틴어로는 Terra, Domus, Labor. Guzmán Carriquiry Lecour and Gianni La Bella, La irrupción de los movimientos populares: "Rerum Novarum" de nuesto tiempo, preface by Pope Francis(Libreria Editrice Vaticana, 2019)을 참조할 것.

30 "To an Invisible Army. Letter to the Popular Movements, April 12, 2020," in Pope Francis, *Life After the Pandemic*, 서문은 Cardinal Michael Czerny SJ(Libreria Editrice Vaticana, 2020), pp. 35-40.

31 Verborgenes Leben und Epiphanie: GW XI, 145.

32 Alexis Valdés, "Esperanza"(2020). 이 책을 위해 América Valdés, Nilo Cruz, Alexis Valdés가 공동으로 영어로 번역해주었다.

오스틴 아이버레이Austen Ivereigh

영국의 언론인이자 작가. 영국 옥스퍼드 대학교에서 박사학위를 받고 정치 및 종교 분야의 칼럼니스트로 활동하고 있다. 프란치스코 교황의 전기인 《위대한 개혁가》(2014)와 《상처 입은 목자》(2019)를 썼으며, 현재 옥스퍼드 대학교에서 예수회가 운영하는 캠프홀의 선임연구원으로 현대 교회사를 연구하고 있다.

옮긴이 강주헌

한국외국어대학교 프랑스어과를 졸업하고 동대학원에서 석사 및 박사학위를 받았으며 프랑스 브장송 대학에서 수학했다. 뛰어난 영어와 불어 번역으로 2003년 '올해의 출판인 특별상'을 수상했으며, 현재 전문번역가로 활발하게 활동 중이다. 옮긴 책으로 《키스 해링 저널》, 《문명의 붕괴》, 《촘스키, 누가 무엇으로 세상을 지배하는가》, 《슬럼독 밀리어네어》, 《빌 브라이슨의 재밌는 세상》, 《촘스키처럼 생각하는 법》 등 100여 권이 있으며, 지은 책으로 《기획에는 국경도 없다》, 《강주헌의 영어번역 테크닉》 등이 있다.

KI신서 9466

렛 어스 드림

1판 1쇄 인쇄 2020년 11월 30일
1판 1쇄 발행 2020년 12월 7일

지은이 프란치스코 교황 · 오스틴 아이버레이
옮긴이 강주헌
펴낸이 김영곤
펴낸곳 (주)북이십일 21세기북스

정보개발본부장 최연순
정보개발1팀 이종배
해외기획팀 정미현 이윤경
마케팅팀 강인경 한경화 박화인
영업본부장 한충희
출판영업팀 김한성 이광호 오서영
제작팀 이영민 권경민
디자인 박소희

출판등록 2000년 5월 6일 제406-2003-061호
주소 (우 10881) 경기도 파주시 회동길 201(문발동)
대표전화 031-955-2100 **팩스** 031-955-2151 **이메일** book21@book21.co.kr

(주)북이십일 경계를 허무는 콘텐츠 리더

21세기북스 채널에서 도서 정보와 다양한 영상자료, 이벤트를 만나세요!
페이스북 facebook.com/21cbooks
포스트 post.naver.com/21c_editors
인스타그램 instagram.com/book_twentyone
홈페이지 www.book21.com
유튜브 www.youtube.com/book21pub
카카오1boon 1boon.kakao.com/whatisthis

서울대 가지 않아도 들을 수 있는 명강의! 〈서가명강〉
유튜브, 네이버, 팟빵, 팟캐스트에서 '서가명강'을 검색해보세요!

ISBN 978-89-509-9309-2 03890